生存有道
教子有方

邢老师的人生启迪

邢永康 —— 著

复旦大学出版社

序　言

一花一世界

杨春贤[1]

邢永康先生嘱我为他即将出版的自选随笔散文集写序,我几乎没怎么犹豫,就答应了下来。

我曾在《青岛日报》做过十年教育记者,那时经常深入地方教育局和学校采访,至今,提到教育我仍倍感亲切。邢永康先生退休前为青岛艺术学校校长,所以我们很早就相识了,后来又得知他的妻子与我们夫妻是高中同班同学,于是便很快热络起来。两家人还曾坐到一起,海阔天空、无拘无束地畅谈。

永康先生是一位有思想、有信念、有追求、有抱负的人。然而,因为家庭出身的问题,在以阶级斗争为纲的岁月里,他毫无悬念地陷入坎坷,苦苦挣扎。人世的复杂、人生的曲折、人心的幽微,使他尝尽了世间的人情冷暖。难得的是,永康先生能够坦然面对各种磨难,从容走过风雨人生。一路走来,凡事他都能泰然处之,这是多少跌宕起伏的人生经历才磨练出来的本事啊!

人生的道路总是布满荆棘,谁也不知道拐弯处会有什么在等待着自己。

---

[1] 杨春贤,《青岛日报》高级编辑,山东省老新闻工作者协会常务理事,山东省作家协会会员,中国小说学会会员,中国散文家协会理事。

党的十一届三中全会后，永康先生迎来了崭新的生活，时代为他提供了可以尽情发挥才能的用武之地，他的面前展现出一条广阔的人生大道。20世纪70年代末，他作为一名普通教师为学校发展打开一片新天地，连续多年闯进利润超百万的省市明星校办企业行列；80年代，几经磨砺，他艰难地跨过门槛，从校办工厂厂长走上学校副校长的领导岗位；此后，破茧化蝶，完成了从副校长到校长的华丽转身，可谓凤凰涅槃，浴火重生。

所谓门槛，过去了，就是门；过不去，就成了槛。

然而，山挡不住云，树也挡不住风……

人生的意义不在于摸到一手好牌，而在于打好一手坏牌。

跌宕起伏的人生塑造了永康先生善良、顽强、正义、拼搏的性格，也成为他此后生活、工作、人际交流、人文关怀的底色。他对学校校风的塑造、与教师心灵的沟通、对学校领导班子成员的信任，使大家在团结、紧张、严肃、活泼的气氛中，上下一条心，拧成一股绳，将各项工作开展得有声有色，精彩纷呈。

永康先生的经历正如一首歌的歌词："谢谢你们曾经看轻我，让我不低头，更精彩地活。"

坚毅与睿智、胆识与勇气、艰难与超越，一直伴随着永康先生。在人生攀登的路上，他一刻也不敢停留，直抵希望中的"诗和远方"。个中滋味，也只有他自己知道。

永康先生的言谈举止常常令人肃然起敬。他用自己的行动告诉人们：欣赏别人是一种境界，善待别人是一种情怀，帮助别人是一种快乐。"己所不欲，勿施于人。"那些曾经的黑脸、白眼深深地刺痛过他的心，当他的地位发生了变化，他自然知道应当怎样去欣赏别人、善待别人、帮助别人。他以一种豁达的心胸，面对这个一言难尽的世界。退休至今已20余年了，曾经的同事依旧是他家的常客。

在教育子女方面，永康先生颇有心得，很少有人能出其右。他的两个女儿现在都是跨国公司的高管，大女儿曾在一篇文章中深情地写道："爹是所好学校，在我出生那一刻开学，我终身享受免费教育。在我人生的不同阶段，不断调整教学方法，不仅授我以鱼，帮我解决实际问题；又授我以渔，让我可以举一反三。"我想，她的切身体会或许会令许多家长汗颜。

"人不可有傲气，但不可无傲骨。"无论环境多么困难，永康先生从未放松学习。高考时因出身问题，他的档案里被不公正地冠以"不宜录取"字样，侥幸的是，录取工作临近结束时，他竟然意外地被分配到一所专科学校。然而似乎那是他的宿命，仅上了一年学，又戏剧性地被校方劝退。正义也许会迟到，却从不会缺席。做了教师后，他立即报考了青岛市教师进修学院中文专业，终于圆了他的大学梦。他用刻苦学习去抚平伤痛，经常夜已经很深了，他还在读书、思索、写作。

其实，早在高中时期，永康先生的文学才华就已经初露端倪，尤其是对于古典文学如痴如醉。他不仅读过《红楼梦》《水浒传》《三国演义》《西游记》四大古典名著，凡是身边能找到的文学作品，他总是手不释卷。

阅读可以使人飞翔。永康先生博览群书，博闻强记。书中那些精彩故事、鲜活人物、传神细节，丰富了他的人生，照亮了他的生活。与此同时，他开始舞文弄墨，进行文学创作，自20世纪60年代起陆续有作品见诸报端。

收入这个集子里的作品，大都在报刊上发表过。有些作品读来令人扼腕，感人至深，正如一位作家所说，没有坎坷，没有痛苦，便写不出好文章来。这些散文随笔写的是永康先生的人生经历，也是他的生活史、心灵史，是他刻骨铭心的记忆。是啊，人生的风景不只有灿烂的阳光，还有风雨沧桑。

永康先生勤于观察，善于思考。他对红尘的感悟中不乏叩问是与非，鞭笞丑与恶，拥抱善与美。作品切中时弊，直逼要义，可谓力透纸背，入木三分。

永康先生的作品散发着一股浓郁的古风，文字洗练，内涵丰富，耐人咀嚼。这和他对古典文学的偏爱，以及古典文学对他的沁润，息息相关。

一花一世界，一叶一菩提。

人生何尝不是一本书？要怎样去书写这本书，就看这书的作者如何在人生的疆场上纵横捭阖，挥洒驰骋了。

遗憾总是会有的，不过，遗憾也会变成燃料，可以燃烧成梦想和希望。

是为序。

爹若安好，便是晴天

邢　军[①]

在我的散文随笔中，出现频率最高的人物是我爹。爹，八十又三，是个有着年轻人的心、中年人的步伐以及老年人的睿智的，敦厚、博学、善良、朴实的精品老爷子。

我从小就追问父母是不是一心想要男孩，我们家和军人毫不相干，怎么我和妹妹的名字一个"军"一个"戎"，火药味那么浓。爹智慧地回答说："就是真想也不能告诉你们呀！不是的，我们的期望是希望你们强。女人强，则家强。"呵呵，在大男子主义严重的山东，这个想法真的很不主流。

后来我看了爹写的回忆录，才从心里明白为什么他从小这样教育我们姐妹俩。因为在苦难降临的时候，在生死命悬一线的关键时刻，女人强确实胜算大增。由于爷爷的家庭成分，爹一家在老家受尽凌辱，遭遇围追堵截，奶奶和大姑两个知书达理、高瞻远瞩的女强人，在生死攸关的当口该出手时就出手，带领家人一路逃到东北。活生生的案例印在爹的脑海里，女儿当自强一直就是爹教育俩女儿的主旋律。

[①] 邢军，现任某跨国制药公司中国董事会主席及某跨国集团公司全球董事会成员。

在爹的前半生，命运对他有太多的不公。且不说20世纪50年代的几场运动使爹与死神擦肩而过那不堪回首的经历，单说比较能够引起当代人共鸣的高考，论成绩，爹上清华、北大绰绰有余，然而在当时的环境下，他被一棒子打到山东一所不知名的专科学校，但好歹也算是个高等学府。爹低调勤勉，踏实厚道，然而命运还是不肯放过他，在学校根据家庭出身进行二次清理时，他被劝退。他成了完全被命运抛弃的一叶孤舟。

一路坎坷，一路跌撞，爹却从未迷失追求的方向，从未忘记通过努力改变命运。在政治挂帅的年代里，他奋发学习，磨砺积累，终于盼来了改革开放后的柳暗花明，机会青睐了他这个"准备好了"的中年汉子。无论工作和生活中遭遇什么变故，爹担着、扛着，在可操作空间中寻找解决方案。当一号方案毫不留情地辜负他时，他总是润泽心情，充电上路，让二号方案或三号方案结出硕果。

我曾问过爹："你不恨吗？你不恨当年的环境毁了你本应似锦的前程吗？"爹的回答踏实而智慧："恨无用，所以我不做无用功。努力不一定有机会改变命运，但若不努力，则机会一定不会光顾。遇上不淑之事，可以看透，不要做绝。"这些话我一直记得，每每回味，总有新意。的确，生活既没有心情也没有义务检阅我们的忧伤，偶尔与不如意狭路相逢时，咱得想清楚，别与生活死磕，得与不如意握手言和。风雨人生，须携暖前行，觉得冷的时候，温一壶酒暖身，打起精神，风雨兼程。这才是在江湖上混的规则！爹的这种积极正向、解决问题才是硬道理的生活态度，是他给我的最大精神财富。

记得不久前读过的一篇文章中说，人活着的最高境界是有趣。没人给"活得有趣"下一个具体的定义，但我在爹身上得到了很好的答案，那就是：用心做事，知其然且知其所以然。爹的用心，无处不在，且有无数例证。爹是数学老师，却写得一手好文章，从逻辑到文字颇见功底，是青岛几个报章的业余写手。他一个教书匠，却心灵手巧，家里家外一把手。我还是幼儿的时候，物资匮乏，爹活用机械原理，用废零件给我做活动小车、自动洋娃娃，羡煞邻里。我在中国、美国曾经住过四所房子，从花园栅栏到自制家具，从车库木柜到创意顶灯，皆出自爹之巧手。爹对做饭，从理论到实践，样样精通。本着每餐四菜一汤的原则，爹列出了12套组合，这菜谱成了我家厨房独特的风景线。爹就没什么学不会的，75岁开始学电脑，为的是查资料更方便，写文章更高产；智能手机普及后，爹紧跟潮流，他的微信朋友圈热闹非凡。

为人师表大半生，爹满腹经纶，桃李满天下。从校长的位置上退下来20余载，家中依然经常高朋满座，谈笑风生。最难得的是他的朋友中许多是年轻人，他们或得益于爹的提携，或接受过爹的指导。爹似乎和每一代人都有共同语言，也许"无痕教育"是很多年轻人喜欢爹的原因。其实我就是爹"无痕教育"理念的受益者之一。从小爹在家就创造了极端民主的气氛，我一个黄毛丫头可以没大没小，可以挑战权威，平等对话。我和爹一直很"哥们儿"。在我的童年和青少年时代，爹是我的专职顾问。从小学开始，我就参与了学校的各项社会活动，也被早早地推到了处理人际关系、化解事情矛盾的第一线。那时，我会毫无顾忌地把喜怒哀乐倾诉给爹，爹总能换位思考，对我进行心灵按摩，给出建设性意见。后来我羽翼渐丰，走上管理岗位，向爹请教的少了。爹欣然转换角色，从工作顾问华丽转身为压力出口，承接我的情绪下脚料，提供快乐再生剂。爹总能找到自己的精准定位，发着光，发着热，温暖着我和他周围的人，教人如何不爱他！

　　让我觉得最幸运的，不是传统的父爱如山，而是和爹之间形成的无言默契。什么时间按什么节奏做什么事，爹总能拿捏得那么准确到位，再用我在某个特定人生阶段能够听懂的语言，春风化雨般地播撒到我的心坎上。在我专注学业的时候，爹把"赏识教育"用到极致，帮我从骨子里打造结实有质感的自信。进入恋爱时期，爹曾语重心长地对我说："当你决定走入一段感情的时候，问一下自己是否有了驾驭感情的本领，什么时候可以驾驭感情了，什么时候就可以开始谈恋爱了。找个价值观和你一致的人一起走过一生，也就是找个挣钱和思考能力与你相似的人去爱。棋逢对手会生出许多会心一笑，婚姻需要这个。"婚后，爹用全部的热情去爱护我的另一半。看到另一个男人从他手里把女儿接走后，给了她女儿所应该得到的最高礼遇，爹很欣慰。爹和我的默契还延展到了工作中。我最初的管理理念是爹给的，那就是：告诉员工的，他可能会忘记；让员工看见的，他可能会记得；让员工参与的，他才会理解；员工理解了，才有可能去卓越执行。爹从未系统性地学过管理学知识，他的源自生活高于生活的原生态管理理念却是金科玉律，融入了我的血液中。

　　爹是所好学校，在我出生那一刻开学，我终身享受免费教育。在我人生的不同阶段，不仅随我游走于大洋两岸，还不断调整教学方法，为我源源不断地提供干货。这所学校不仅授我以鱼，帮我解决实际问题；又授我以渔，让我学会理论与方法，可以举一反三。今生，我永远不毕业。

　　爹若安好，便是晴天。
　　是为爹散文集序。

青山未老

邢 戎[①]

奥地利心理学家阿德勒说:"幸福的人用童年治愈一生,不幸的人用一生治愈童年。"

原生家庭对每个人的影响都是巨大的,在每个人的潜意识里都有原生家庭未解的结,带着这个结走入新的生活。有的人深受其害,而有的人一生幸运。我就是个幸运的人。

我从小生活在有爱的环境里,虽然家境并不富裕,但父母坚韧奋进,帮助我塑造了健全的人格。尤其是父亲,尽管一生坎坷,却没有低头,反而在困境中把生活过得很有滋味。耳濡目染之下,我从孩提时起就能够不放弃、不气馁,在面对各种孤独、挫折、失败时,具备强大的心理素质和抗压能力。这一切力量都源于少年时汲取的来自父亲的能量和无条件支持。

老话说要富养女儿,我家从来没有在物质上富养过姐姐和我,我们所拥有的是精神上的丰盈食粮。父亲一直教育我们:女孩一定要独立,经济独立、精神独立。这样的家庭教育浸润着我,体现在从学生时代到工作、成家以后的点点滴滴中。因为这

---

① 邢戎,某公益慈善机构创始人。

份"独立教育",我得以从容面对人生抉择,有说"不"的底气,把命运牢牢把握在自己手中。

如今我也有了自己的女儿,坚韧、自强的家教传统也传递到对女儿的教育上。女儿的生活环境比我小时候优渥许多,如何面对失败,怎样绽放出自己的独立之花,这些人生课题我仍会源源不断输送给她。来自父亲的言传身教得以延续。

一份好的父爱、有质量的父爱,让人感受到快乐,让人汲取营养和力量,拨开人生迷雾,彷徨的心灵找到栖息的家园。

自序

从上小学起,阅读、思考和记日记,就一直是我的脑力游戏,至今七八十年。分析其中收获,除却成家、教子、拼搏、创业的有形成果,便是无形感悟中积累的生存之道。道者,不仅指道路、道理、道义、道德,还有方向、方法、路数、招数之意,即智慧是也。人世间处处有道。放眼众生,有人有板有眼,活得头头是道;有人一团乱麻,惯于乌七八糟。生活有规矩,生存有规律,潜心生活,智慧处世,用心体悟,自然有可循的生存之道。

小时候,我是尾随大人身后的跟屁虫,那些或鹦鹉学舌或照样画葫芦的言行,我知其然却难知其所以然。上学后,随着阅历和阅读的增加,我不断吃堑长智,不断"学而思",在反复折腾中体悟着生活的那些道道。及至积累渐丰,实现从"必然"跨进"自由"的飞跃,阅历、阅读让人生经历升华为心中之道,已然蹒跚于耄耋之年。活到老,学到老。本书所记为我心中自悟的生存之道,自然难说没有大言不惭、偏颇之嫌。

文章千古事,我手书我心。难得的是置身大半生海量实践,我终究还是找到些许"有道"的感觉。冯友兰有言:"读书不但要'照着说',更重要的还要'接着说',说出自己的创造性理解和独特体悟。"久而久之,便能提炼为道。日记里的那些读读写写,不只有感觉、感受,更多的是感知、感悟,进而不断体现为实践、理论、再实践的螺旋式提升。如是,方不愧有为人生。本书随笔中提及的,既有亲历实践,更有实践中的所感、所悟。以积累归纳生活,探究内里门道,升华提高再指导新的实践。

　　历数一生,细品一世,生存有道,生活有道。本书愿供不嫌、不弃者雅正。倘若果真能助力教子有方、事业有成于一臂,当属阁下为《生存有道》增添之浓墨重彩。

目　录

序言

一花一世界	iii
爹若安好，便是晴天	vii
青山未老	xi
自序	xiii

婚爱之道

俏侃婚爱千字文	003
众说婚姻	007
书香千古	023
附　和衷共济，风雨同舟	027

教子之道

做教子的有心人　　　　　　　　　　049
纷纭教子　　　　　　　　　　　　　059
性格决定命运　　　　　　　　　　　075
身教，境教，话教子　　　　　　　　081

智慧之道

谋事在人　　　　　　　　　　　　　089
没有人能随便成功　　　　　　　　　101
成也习惯，败也习惯　　　　　　　　107
看轻自己，认清自我　　　　　　　　111

管理之道

知人善用之悟	117
"替身"有术	125
管理真谛莫过爱	129
家庭准一员	135

金钱之道

话说金钱	145
美式金钱观	151
房产观念身边事	157

立世之道

交友之道	167
约束下的自由	171
侃酒	175
弹性艺术伴人生	179
"使物"与"物使"	183
难管自己众生相	187
大账当算	191
幸福万花筒	195

健康之道

长寿多辱,善待暮我	203
说勤道懒话老年	205
读懂健康本不易	209
闲话保健意识	223

婚爱之道

俏侃婚爱千字文

婚爱万花筒,亘古至今,五颜六色,万紫千红;千秋万代,千变万化;千奇百怪,千姿百态。无爱难成书,无恨不成戏,婚爱是千年不尽的话题。

周国平说:"性是肉体生活,遵循快乐原则;爱情是精神生活,遵循理想原则;婚姻是社会生活,遵循现实原则。"

客观地说,婚姻是一纸契约,双方是以共赢为目标的合伙人。理想的婚姻是门当户对,或势均力敌;是棋逢对手,或各有所长。

一、理想婚姻

婚姻千万条,诚信第一条。恪守真诚,筑牢围城。

家是女人的梦想,女人是男人的梦想,理想婚姻让现实成就梦想。

婚爱要义:相互信任,彼此尊重,坦诚交流,理解包容。

模范伴侣:举案齐眉,和谐互敬,亦情亦友,舒心宽松。

夫妻守则:不图改变,共求磨合,你忍我让,适宜为上。

婚姻真相：忍让中习惯，折磨中适应；各自调整，互谅共赢。

婚姻达人：男人望理解，女人求陪伴，欣赏，肯定，放手，宽容。

婚爱传奇：我爱你不在乎你是谁，是因为我喜欢与你一起时的我。

二、直面婚姻

透视婚姻三部曲：希望，失望，绝望。

刘墉名言："恋爱靠机会，婚姻靠智慧。"

客观上，爱情浪漫主义，婚姻现实主义，独身超现实主义。

现实中，情爱是享受，婚姻是忍受，独身者忍、享自受。

不成熟的爱说："我爱你因为我需要你。"

成熟的爱说："我需要你因为我爱你。"

婚姻幸福：婚前睁大眼睛，眼亮心明；婚后半闭半睁，心知肚明。

婚姻目的：不断追求甜蜜，不惜忍受一生酸楚。

婚姻快乐：理想无比美丽，幸遇快乐全靠运气。

婚姻底线：管控克制，拒绝随心所欲；切忌放纵，你放肆他压抑。

婚姻禁忌：或冷言寡语，家庭冷暴力；或小肚鸡肠，狭隘算计；或言行粗鲁，轻蔑猜忌，不断滋事拱火，不顾矛盾升级。

婚后，女人付出的汗水中伴着泪水，大半是男人脑子进了水。

婚姻大事，幸福所系。现实生活多小事，除去琐屑就是鸡毛蒜皮。

女人管男人，婚前凭撒娇绝招，婚后靠撒泼妇道。

男人温良恭俭让，女人贤惠淑德娴。婚前特热眼，婚后忒稀罕。

三、俏侃妙喻

女人属水性，男人属火性，婚姻和谐成功，休言水火不相容。

不幸的婚姻哪天不吵哪天急，幸福的婚姻隔天再吵有新意。

爱情仿佛玩桥牌，付出的是脑力，凭借的是算计；婚姻就像打麻将，消耗的是体力，依靠的是运气。

婚姻是桥梁，交流不停，沟通顺畅，心无芥蒂，坦荡阳光。

婚姻是跷跷板，本无上下高低，一心一意，二人默契。

婚姻如同塑泥，塑就个你眼中的我，捏成个我眼中的你。

婚姻是把伞，雨雪烈日，随时应急；寻常天气，累赘多余。

婚姻是脚下鞋，脚上舒适心明白。沙粒难容下，插足者莫进来。

智者妙喻：婚姻是一所大学，明白自己想要什么的，是学士；懂得对方想要什么的，是硕士；能把日子过得如春日出游般畅快，不给自己留遗憾，也不给对方制造麻烦的，是博士。要想从这所学校毕业，需要一分天资，两分勤奋，七分智慧。

2021年12月定稿

众说婚姻

上帝耶和华先是亲手打造了亚当与夏娃，并钦点其为夫妻，随后又以偷食禁果为由，将其逐出伊甸园，让他们成为人类先祖。从此，世人就延续了上帝指定的夏娃从属于亚当的夫妻搭档模式，就有了父系制的男娶女嫁，渐次俗成约定：男者为婚，女者为姻，合称婚姻。

进化论宣示，婚姻是人类社会发展的必然，伊承载着人类赖以延续并生存的性需、繁衍、物产、情感四大功能。作为理想情爱与现实生活妥协默契的产物，婚姻又是人际关系的天赐纽带与根基。由于婚姻，人类诞生了家庭及族群，奠定了构成社会的细胞单元，人世间才有了血缘、亲情、长幼、辈分的关联。由于婚姻的社会属性，自然就衍生出了诸如伦理、家规、道德、法律等客观约束，还时不时会冒出些许擦边球与潜规则。

婚姻的历史有数千年，虽然经历了从原始、保守到开放的变迁，但作为情感与责任的载体未曾有变。然而"相爱容易，因为五官；相处不易，因为三观"，细数婚爱与家庭的是非曲直，它带给人们的不只是向往、甜蜜，还有不尽的苦涩与纠结。因此，洞悉并驾驭婚姻，一直是人们审视大千世界和盘点人生苦乐的重点。

婚姻，说简，如一汪泉水，清澈见底，似一碗蜜糖，温润心田；道繁，如一团乱麻，千丝万缕，似五味杂陈，清官难断。探究婚姻之千姿百态、千奇百怪，无论庙堂市井、围城内外，不乏甜酸苦辣、雅俗共赏，梦幻中满是美好，现实里却苦难深重。

欲知婚爱现实千秋事，且看众说八卦一箩筐。

一、"昏因"说

在我国，自古就有嫁夫乃女人第二次投胎一说，故有"男怕选错行，女怕嫁错郎""干得好不如嫁得好"云云。相传，大凡世人投胎，总要先过奈何桥，并喝上孟婆送予的迷魂汤，然后迷迷糊糊投胎去。而进入婚姻，那是自饮了自酿的迷魂汤，方肯稀里糊涂嫁人去。显然，先哲将嫁人与投胎混成一团，是极为现实客观的。也有人玩拆字游戏，道：男，昏于女而婚；女，因爱而姻。无论怎么说都是"婚令智昏"。是故，婚姻者，"昏因"也。

其实，放眼大千世界，统览古今婚姻，横竖难觅未昏而婚者，且大多始于轻松而终于沉重。想想也是，太多原本互不了解的男女双方，对于另一半的品性优劣、潜能高低、所处天时地利均不甚了然，对未来更是祸福难料、顺逆未卜，单靠娃娃亲、媒妁之言、色诱、财惑就合二为一，纯属瞎猫乱撞死耗子，想不昏都难。在这场迷魂阵般的人生婚姻大戏里，无时无刻不在上演着二人宏观与微观的对决。况且，漫漫人生路，婚前难以预见，婚后无法透视。即使再简单浮浅的婚姻，亦颇多变幻莫测，亘古至今难有例外，虽上帝亦无奈。此论足可涵盖所有婚姻，即使双方身价顶级，堪称男女绝配，权贵如查尔斯，貌美比黛安娜，也概莫如是。现实终是无情，表面看似十分单纯的俩人，一旦昏成婚约，联合两家，融入社会，随即可能纠缠于纷繁复杂之中，铸就成婚姻戏说的主旋律。

于是，无论多么美好的爱情，一旦步入婚姻殿堂，便一步一步地坠入"坟墓"。之后，要么形式上恪守曾经的山盟海誓，用死亡的婚姻去兑现承诺，然而内心不再海枯石烂，只待灯熄人亡；要么勉强耐得七年之痒，一朝奋发，即选择分道扬镳，或另投新欢觅新婚，再穿新鞋走老路；要么甘愿堕为终身宅男鳏夫、剩女活寡，一避了之。据说北欧的挪威、瑞典、丹麦、冰岛那里的单身一族已然高达人口半数以上。面对如此婚姻乱象与奇观，人们不禁质疑，这分明曾经欢天喜地的婚姻，咋就风驰电掣般朝三暮四起来？事实上，这其中原因又极简单，大可见怪不怪。时下早有看透红尘，极尽惑众之妖言经典，足供不问自答或指点迷津。《非诚勿扰2》说得直白而干脆："婚姻怎么选都是错的，但是长久的婚姻就是将错就错。"而现实中又是不惜一错再错，错上加错，直让一错到底成为当今婚姻硬道理。

钱锺书早有经典透视。他曾一语道破："爱情多半是不成功的，要么苦于终成眷属的厌倦，要么苦于未能终成眷属的悲哀。"在西方，对婚姻也有着相似的洞见。古希腊的柏拉达斯那哥们儿就曾直言不讳道："婚姻只给男人带来两天欢乐，一是他把新娘抱上锦床的那天，再是他把妻子送进坟墓的那天。"调侃中还不忘铸就几分浪漫。

遍赏此类顶级绝唱，堪称精妙绝伦。然而，敢领宇宙之先者非当今中国的段子莫属。君可曾有幸耳闻，一干富豪劣绅横行五星殿堂，酒过三巡便牛气冲天，眉飞色舞口吐真言："如今我辈人生三大幸事——升官、发财、死老婆！"

何以异曲同工，直让人不由浮想联翩——莫非天下婚姻尽属乌鸦一样黑！倘或有朝一日，上帝突发奇想，授权芸芸众生来个全民公投，选择理想的婚姻模式，莫非结果会是返朴人类原始纯真，废止一夫一妻制，让数千年人间婚姻铁律彻底崩盘？

凡此种种，不得不让婚姻成为世间难题，令人既须面对又纠结不断，欲罢不能，从而使人类文化中关于爱情、婚姻的内容与世俱存千百载，经久不衰。从西洋浪漫的《罗密欧与朱丽叶》《安娜·卡列尼娜》《傲慢与偏见》，到神州悲喜交加的《西厢记》《梁山伯与祝英台》《红楼梦》，各类精彩，纷至沓来。历代大腕，莫不前赴后继地追踪着托翁所谓"不幸的家庭各有各的不幸"，绞尽脑汁，复旧翻新，生发诸多莫名高论；各路文人墨客，竞相效仿《孔雀东南飞》，升华演绎，雕琢描绘，志在使其流传千古，任凭其燎原到妇孺皆知，还恨它初萌方兴未臻经典。

如此精彩纷呈、目不暇接的婚爱盛宴，让人既爱又恨，欲弃还恋。究其原因，婚姻之"昏因"自是首功，"昏因"给婚姻以无限可能。而细数"昏因"之是非功过，除了它将无尽的大悲大喜融入人间之外，"无爱难成书"，作为人间百年艺术主题，更有着古今中外所有舞台、屏幕票房价值半壁江山的卓越贡献。就如近年热播的琼瑶剧、清宫戏，外加大红大紫的韩国爱情闹剧，既炸屏又爆棚，使一代又一代人痴迷。

呜呼，既能生是，还善惹非，古往今来，独领风骚，"昏因"何曾或缺？

二、中庸说

爱情与婚姻，是宇宙里极普通又特殊的生命行为与现象。爱情，是两性相悦之情，情人眼里出西施，满眼所见唯有光环，乃动物性激情澎湃的"形而上"之梦中幻境。婚姻，是生活与生存的实际需求，感情和亲情的交织与碰撞，属人性温情伴以烦恼不断的"形而下"之柴米油盐、锅碗瓢盆交汇杂音。这婚、爱前后的形而上与形而下，精神上的冲动与生活中的现实，两者本质差如云泥。爱情缘性而生，婚姻为家成就，原本就属两类不同因果。于是就有前后迥异的心灵激荡：作为情侣，热恋时常发感慨，上辈子积了什么德；"昏"为夫妻，结婚后总在抱怨，哪辈子造了什么孽！

爱情燃烧一把火，炽热的结果是灰飞烟灭。当情与爱走向婚姻的坟墓，夫妻即从渐失磁性与激情到相处平淡寡味，女人没了温柔，男人不再绅士。受着控制欲天性驱使，双方都想驾凌于对方之上，谁也不肯掉价儿屈就，谁也不愿服软认输。如此执拗僵持的结果是婚姻日渐变霉、趋恶，从争吵到恶语相向，直至对抗翻脸、冷热暴力、背信弃义，走向婚前憧憬的反面。美好、平淡、敌视三部曲，尽管很多婚姻并非是如此循规蹈矩，但很多夫妻也不难从中觅到自己经历过的甜酸苦辣甚而失望后悔的桩桩幕幕。

倘或按幸福美满指数调研、评价世间婚姻优劣状况，可排列勾勒出的权重结构图，注定会是两头尖小、中间肥大的枣核状，数学上称此类现象为"正态分布曲线"。对此，过来人莫不由衷赞同。不妨冷眼审视现实婚姻的混沌世态：虽少见完美，但差到分手者也终居少数，大多是争吵中有温情，或常念美好、寄望明天，或还算满意、尚可凑合。还有不少是在或亲疏无常、冷热无度，或时阴时晴、且战且停中稀里糊涂过春秋。此乃婚姻的残酷现实。

婚姻世态权重的正态分布曲线，其实表达的就是婚姻众生的常态。之所以有此常态，很大程度上依仗着"中庸之道"的给力，且这一"给"便成就了千年婚姻世代不变的惯性。儒家中庸之于人际，调和折中有时几近万能。常言"凑合"，本质无非缘于"凑"而终于"合"。统览大多婚姻，凑合是毋庸置疑的铁律。学者张中行就客观得相当真实而直白，他将人世婚姻划分为四个层次——"可意、可过、可忍、不可忍"，并严肃地坦承，自己的婚姻仅算"可过"。荣毅仁先生给自己确定的生活目标是："发上等愿，结中等缘，享下等福。"这些大家的理智明鉴，都不愧是"极高明而道中庸"的人生哲学范本。他们共同的生活感念是：心理阳光，思维清晰，直面缺憾而终归坦然。既然真爱从来就属可遇不可强求，世上本无绝对完美婚姻，那么对婚姻就不该有过高企求，退而坦然务实，适"可"而"知"吧。

现实中，面对"昏"成之婚姻，既木已成舟，好坏已就，尽管实在不行可以选择分手，但无奈之余也大都选择凑合。即便算不得"可过"，也总在两难中盘算着强制自己接受"可忍"。"忍"之妙乃家和之宝。唐代大臣张公艺，九世同居，素以家和闻名满朝上下。皇帝细问其道，张当即书就一百个"忍"字为答，遂有张氏世传之"百忍家声"。近代大学者胡适，也以切身体会自我调侃，创立了自嘲之胡氏"新三从四得说"："太太出门要跟从，太太命令要服从，太太说错要盲从。太太化妆要等得，太太生日要记得，太太打骂要忍得，太太花钱要舍得。"好个大家幽默！通心透亮，坦然面对，强似羞羞答答，亦不乏人间宽容谱就之大度美、大气贵。

其实，关紧房门两人闹，说大可大，想小就小，全在两人的自我感觉与掌控适度，不失良心就不离格儿。本来，夫妻间就无隔夜之仇，家中的是非曲直难以厘清，相对于夫妻间当有的责任与情感，就算理直气壮，屈从又何妨？关键时刻考验面对婚姻的心态，不是谁能说，而是谁先闭嘴；不是谁能逞强，而是谁肯忍让。夫妻纷争本常态，又难有多少原则大事，只要相互习惯，忍让可变身接受。夫妻间又没什么不可以习惯的，习惯成性即为生活常性，忍让亦然。忍而让，让而礼，有礼则美，只在情愿。此中庸之道看似软懦，实乃面对不完美婚姻的千年硬道理。

坦而论之，中庸的婚姻，不该看成两个个体结伴成双，而是两个半拉融为一体，即两人须各自忍住原本的放纵个性，保留互补的优势，磨去棱角与尖刻，难能可贵地凑成天就地合的崭新一体。

话又说回来，中庸绝非万能，故中庸之于婚姻，难免有效亦无用。婚姻不如意，不该以"昏因"当托辞。婚后，不是必定昏昏然，更不该赖做"混婚"的混混。况且，婚与姻终是对立的统一，成败靠双方。须知，夫妻间常现的无奈忍让，或惧内，或冷暴，都属不该轻易碰触的底线。跨过真理便是谬误，接受倘若变身忍受，进而难忍、难受、难以忍受，中庸过度必然力难从心，因为世上没有人甘愿无故屈尊，沦为终身"婚奴"。

三、 智慧说

世传有句似古非今又足够经典的口头禅："婚姻靠缘分。"缘分是什么？混得好叫有姻缘，混砸了就是缘分已尽，最后胡诌乱扯成"缘分是命里注定，可遇不可求"——分明是无言以对的瞎搅无厘头。"缘分说"是缘昏而姻，婚前没有人能看得清的马后炮，是句媒婆式的油嘴滑舌。其实，婚姻之缘需要经历由情爱向恩爱、真情的发展与过渡。无情之缘属无源之水，无恩之爱乃无本之木。在婚姻持久战中，概念化的情与缘玄乎得没谱，唯有真心实意方可铸就夫妻实爱真情。封建时代媒妁牵线、洞房盖头之下的婚姻，纯属徒有虚名，就像鲁迅的原配、蒋中正的结发。大多的婚姻伊始，华丽其表，空壳其中。婚姻磨合碰撞期间，或布雷结怨，或献花结缘，二人间的恩怨情仇，完全取决于婚后的相互礼让与感觉。

统览世间婚姻，其过程恒现传统之三维：身心的愉悦追求，爱情的理想境界，婚姻的客观现实。有人总结，欲达三维架构有机统一的自然顺畅，须靠一分天资、二分勤奋、七分智慧去悉心经营。这直言了满意婚姻的难得。这显然与任谁皆可面对、虽白痴一族也敢尝试的大众婚姻，形成了强烈的反差。然而，收获从来看耕耘，历览天下美好婚姻，无不充满着非凡智慧，充满着众口称道之大学问。务实的聪明人，崇尚智慧从不信缘，踏踏实实，一步一个脚印地认真经营。明智者二人天地的理想境界该是：举案齐眉，情友兼具，和谐为敬，宽松至圣。钱锺书、杨绛伉俪，堪为此类范例楷模。钱老盛赞杨先生为"妻子、情人、朋友"。这是典型的看得透、拿得定、心术端、行得正，难得的智爱婚姻哲学，懂互谅、肯互让、相知相爱、心心相印、阳光通透的纯真无邪二人境界。

欲达智慧者的婚爱佳境，须洞晓婚爱本质。这首先表现为知己知彼，既明白自己想要什么，又清楚对方需要什么，才可能成为婚姻的主人。需要想明白自己的长处与短处，方知如何扬长避短；又需看清楚对方的优点与缺点，始晓怎样欣赏与包容，一如钱、杨伉俪之爱。最要不得的是一味孤芳自赏，又对人家的优点视若不见，总盯着对方缺点抱怨个没完没了。智人慧心者绝不把陈芝麻烂谷子挂在心上,不做翻小肠、放狠话的蠢事,更不会以恶斗恶无限升级。

蒋勋说:"给对方海阔天空的自由,把爱人当放飞的鸽子,不当套绳索的狗。"话外音是:有爱,飞不了,无爱,拴也徒劳。心胸是也。智慧的婚爱需要沐浴阳光,唯有倾心付出的大智慧者方能修成正果。家里讲爱不抠理,处之精明但不能玩小聪明,更忌小肚鸡肠。面对心爱之人,紧要的不是该做什么,首要清楚为了对方该不做什么。意欲既让自己无遗憾,更不给对方制造遗憾,就须两人理性地克制并管控自己,谨防触雷,为和谐创造可能。聪明人不该佯做糊涂,本质的爱与恨纯系个体自发行为。同为独立思考的自由人,不要幻想谁能拥有谁,谁能轻易就控制谁。两人事业、志趣上虽不一定志同道合,但在婚爱家庭问题上务求一心。"二人同心,其利断金"之于婚姻弥足珍贵,否则将难有不二的真爱与忠贞。

还有种观点认为:婚姻的成功取决于找个好人并做个好人。仅就道德层面而论,此乃包括婚姻在内任何搭档的顶级标配,实际上纯属空谈。勿忘"昏因"是婚姻的大前提,因此也就让"昏因"中的好人难找、好人难做、好人千载难逢。更何况婚姻在感觉、视觉与心理上的喜好和满意度,"来电"感,绝非好人可以取代,而且也没有人会愚蠢到会将"好人"打做征婚广告。归根结底,细数成功婚姻要素,首要还是双方的客观适宜。这世上如果存在缘,相互适宜即为对缘,缘之本当属适宜。而适宜的"对眼"极难天成,虽然可以用心觅得,但基本属可遇而不可求,大多则须婚后倾心调适打理。欲让彼此适合,感觉相宜,重在双方共同努力,营造出那种相互理解、相互赏识的和谐氛围,使两人思维、观念渐趋同化。进得一家门,就该是一家人。基于这一基本理念，婚后精心经营，二人世界自然就呈现舒适不累乃至愉悦默契的氛围。如此婚配何愁没有佳境。

婚姻，虽有诸多未知，然并非不可驾驭。破茧于"父母之命，媒妁之言"的当代择偶模式多种多样，其中尤以当下时兴的马拉松式恋爱为众人津津乐道。婚前且谈且停、欲近又远，长期磨合直至试婚，让今人不必再经受先人们面对缘昏而婚的困惑，可以给自己留几分清醒，少几分"醉恋"，让双方在门当户对、品性相宜、兴趣相投、智商相近、心灵相通的前提下，于婚前有较多鉴别与抉择的可能，为未卜的婚姻前途避开若干暗礁。至于细论婚前的择偶标准，我的胶东老乡、大名鼎鼎的毕淑敏有个排序：品质优良，智商相当，性格互补，与人为善，金钱无荒。此一标准称得上冷静、客观、全面、现实，足可作为因情而"昏"或因所有莫名而"昏"的青年男女之醒酒汤。若果真能按此标准结对成双，或可为日后的婚姻省却若干琐屑，奠定踏实的基础。

然而，欲求婚姻达到相互适宜的理想境界，仅靠婚前了解和严选是远远不够的，更要于婚后磨合期中坚持以智慧调动真情。若此，即使偶现隔阂与障碍，也并非不可消弭。就如中医之经络理论，人体需要及时调理与疏通，难点在于肯由调适自我入手。若果真能达到如此境界，便不难赢得对方配合，从而逐渐从自我适应到相互适宜。不妨透视一下自己与身边朋友的婚姻状况，夫妻间反复出现的循环性矛盾，症结的核心不少是永久性观念分歧，诸如老人赡养、经济纠纷、个性爱好、情感危机等，如若各自盲目坚持，可能终身都难以调和，万莫奢望一朝释然。唯其中一方肯达观一些，退让一步，大度接受；或暂将敏感尘封、搁置，任由时间淡化；或放对方一马，不予追究，如此这般，天不会塌，僵局反倒可能破解，迎来天宽地阔海蓝蓝。欲寻求根本解决，更多的还需双方掏心透亮的理性沟通与真诚交流。

大凡世间婚姻，从来都是人人未成总向往，家家婚后皆寻常。其中不乏厮混于二人世界的骑墙者，拿豆包不当干粮，视婚姻、家庭为儿戏，或恣肆成性，我行我素，无事生非；或喜新厌旧，拈花惹草，背叛别恋，直至挨不过七年之痒，让"红灯"频频亮起。婚爱任何一方的自私或非分之念，皆属锥刺刀削之邪，切记不可妄动。对身边人的以自我为中心或随心所欲的行径，没有谁会视而不见、听而不闻、触而不觉、烦而不厌。家庭中的肆意霸道、撒泼横行，均系家门口、炕头上自欺欺人的埋汰把戏，属见不得阳光的婚姻不道德典型。两人中任何一方的放纵必以对方的受屈压抑换取，最终代价是均等的。一意恣行之果，要么是逼对方另觅出路，要么就是凭空为小三插足提供良机。永远不要奢望，通过剥夺或胁迫使对方退让，以熄灭战火，而赢得家庭和谐。丧失善良与体谅，真爱将难以立足，任何无理与非礼只能使心灵隔阂与对立加深。"有压迫必有反抗"，这放诸四海皆准的辩证，于家庭亦难有例外。

二人世界的愚蠢之举，莫过于夫妻间的无休止争战，相互折磨，或动手，或粗口，或霸凌冷暴，或离家出走。夫妻纷扰千万种，矛盾在所难免，然切忌蠢笨到鏖战。避免愚蠢之理想法宝，当选战争的至高境界——"不战而屈人之兵"——无条件服软。谨请铭记，夫妻间摆谱没谱，拿架无架，唯情无价，唯爱至上，以和为贵，首选忍让。意欲避免家庭硝烟，当以睿智取代蠢笨。至于夫妻嬉戏中看上去的南辕北辙，完全不必过于敏感当真，有时只差心闩一密码，在较劲执拗的关键一瞬间，可能缺少的仅是一句道歉话，抑或一种退让的姿态。钥匙一旦对上心锁，窗户纸一点即破时，雾散云自开。

呜呼！难怪人们常以经营论婚姻，原来除了东挑西捡，眼花缭乱一番，还要不断维护，步步以心计营造，直至相互适宜，终身相伴。其中所需耐心与运筹，远非商贾经营所能比肩。有人直喻婚姻为潜心投资，而成功的投资是需倾心大智慧于全程的，容不得半点马虎，婚姻尤然。难怪有人归结道："稳定的婚姻是理性修养与善良德行的产物。"真爱显智慧，唯理性与善良堪为婚姻美满的必要与充分条件。理性，需要迥异于常人的思想智慧与坚持不懈，通过不断完善自我以正确对待既成之婚姻客观，渐次让自己获得由随意到理智的良性角色转换，让原本的不舍爱情变成踏实的亲情，从而绕开婚姻的坟墓，绽放成熟爱情之果。

没人不希望婚姻美满成功，只是美满婚爱从无捷径，全靠精心经营，持久耐心，大账当算，智慧为上。

四、围城说

爱情，多半是不成功的；婚姻，是个折磨人的话题；围城，"婚姻是一座围城，城外的人想进去，城里的人想出来"。这是钱老慧眼独到的婚姻"围城说"。

尽管世人赞叹，婚姻是漂泊的归宿、幸福的源泉，家庭是避风的港湾、美好的家园，可现实却是满地鸡毛，婚姻失败、家庭破裂的闹剧屡屡上演。男女分手的理由，千人千条，众说纷纭。简单不过是"对的人在对的时间没有出现，而在对的时间却出现了错的人"，复杂顶级为"人性本恶，人心叵测"。的确，人既可爱又可恶，常现截然相反两面性：男人正面是君子，背面是野兽；女人正面是天使，背面是魔鬼。大凡有恰当背景因素的诱发与激励，让真实面目呈现，男女分手似乎毫无悬念。律师说，离婚理由可以有千百条，只要将各色的感觉不好定位到感情破裂，迟早可获法定分手的自由。其实，分手的理由原本就简单而直白：曾经因为不了解而结婚，如今因为了解而离婚。

目标是甜蜜婚姻，得到的却是苦恼的围城。婚姻一旦沦于围城之危，轻者没了感觉，重者互不待见，或大战不断，小战连绵，或针尖对麦芒，水火难相容，或秀才遇到兵，有理难讲清，呈现双方缘分已尽的尴尬局面。无尽的案例表明，当初缘昏而姻，清醒后走向无奈，既没得中庸，又各揣算盘，实难相宜，终不可忍，以至八头老牛拉不回。既然夫妻间已形同陌路、貌合神离、同床异梦甚或异床有梦，大可不必在两伤中僵持，再继续煎熬。

明智者门儿清，既然分手已成必然，满心只待解脱，何不从客观现实出发，把分手权当一场互残闹剧的终结。对此，伶牙者云，离婚，不过是曾经走近后的再度远离，何尝不是理智的选择；俐齿者说，冷静，永远是烦恼后的首选，双方各退一步，善始善终，好合好散，不执手亦可为朋友，至少不该因此积怨。若果真能如此胸怀大度，让彼此为眼前的无奈减量、分忧，不仅会让分手成为曾经爱情的延续，还会是各自新生活之良好发端。

现实中，很多分手并非只为摆脱烦恼图个清净，不少是再婚前的变奏，休整后的待发，大多难抵再"昏"的种种诱惑。然而，离婚、再婚，对家庭航船而言，大都不亚于飓风扫荡，无疑要承受风险，在情感、时间、精力、财产诸方面付出不菲代价。对于成人，离婚与再婚犹如一场人生恶梦，而于子女，大多会留下难以磨灭的成长遗憾。为此所付之高昂成本，怎么说也属人生一大折腾。所以，洛克菲勒给儿子的忠告十分坚定："把'分手'这个词从你们的词典里永远删除。"

所谓再婚,是指离婚或丧偶后再次缔结婚姻。在封建社会,人们视离婚为离经叛道有伤风化之事,故民间有"宁拆十座庙,不毁一桩婚"之说。那时男子休弃妻子,需严格遵守"七出""三不出"规则①。女子没有地位,也无权主动提出离婚,而一旦被休或丧夫,绝少有再婚的;即使再婚,也备受耻笑与歧视,鲁迅笔下的祥林嫂就是封建社会妇女受男权婚姻迫害的典型。到了法定一夫一妻制的现代,婚姻法公平地站到男女中间,离婚与再婚已成为常态,不再遭人耻笑。不过矫枉难免过正,致当今有不少人视再婚为儿戏,以极端自由为目的,早没了清规戒律,任由冲动行事——城外的往里挤,城里的向外冲,或婚或离或再,如城门之随意进出。更有甚者,或因红杏出墙,或为包养二奶,纯为再婚而离。更有"敢作"的,视婚姻如购物、似快餐,上午刚领结婚证,下午就去换成离婚证,那般"闪婚""闪离"的速度与频率,简直如走马串场。现实中此类超现代"炒婚"者,早已不是个例。

　　人,恒为矛盾的统一体。向往安宁,却不甘寂寞;管控欲极强,但绝不愿被管受控。寂寞困窘时,企盼身边有个人;折腾累了,连自己都烦。一朝突然发现,原来这城里城外,利弊各半。于是,有君窃望趋利避害选择骑墙,奢望"家里红旗不倒,外面彩旗飘飘"。叵耐"雷区"难两全,那可需承担出轨恶名、重婚之罪的。于是,刚刚逃离围城,又在不断盘算怎样攻进城里。要么回头觊觎,要么四下张望,横竖欲壑难填。复婚还好,虽说好马不吃回头草,但毕竟通过比较鉴别,曾经的优势和诱惑尚存,

---

① 封建社会对男子休妻的规定。"七出"指妻子有"不孝、无子、淫癖、恶疾、妒忌、多口舌、盗窃"之一,则可休;"三不出"指妻子"有所娶无所归、与更三年丧、前贫后富",则不能休。

因此亦不乏破镜重圆者,前提是需双方重塑自我,理智地为求同存异做出改变。

相比之下,再婚就难了。首先是怵惕心理。尝过苦酒,受过挫折,"一朝被蛇咬,十年怕井绳",怀揣惊弓之鸟心,遇事分外敏感,为再婚之路倍增难点。其次是挑剔选择欲。因为不满才分手,所以再婚时期盼相对提高。然而,"这山望着那山高,到了那山把脚跷"又是必然规律。主观上人心不足蛇吞象,横挑鼻子竖挑眼,客观上世间没有免费的午餐,欲有所求必要付出。再婚后双方心里各揣自己小算盘,锱铢必较,自然难比曾经心灵相通或从不设防的原配。所以有人说,二婚更多的是商品交换,你没优势,我没利益,图啥?

更为突出的难题是再婚排他必然性。首先是再婚心理的比"前"较"后",而且是专拿"前优"瞄准"后缺",这就很难不排他。其次,初婚时两人的生活习性与爱好大都从初始状态共同磨合,而再婚则不同,需在各自铸就的生活模式与好恶基础上相互适应,在取舍中难免相互挑剔与排斥。还有就是"三窝两块,难成一家""后娘难做""有后娘就有后爹",爹娘难孩子更难。孩子之间,老人之间,人与财、物之间,一干相互之间,猜忌加算计,三心二意笼罩全家,心理难,处事难,稍有不慎,即可引发"星火燎原",让处处事事举步维艰。

自然应坦承,存在即合理。再婚亦婚姻,昏天黑地过后照样柳暗花明。不过初婚遇到的问题,再婚依然,或更有甚焉。比如,再婚的缘分感较难找见,选择上更难相宜。再婚难,是相对于初婚,再婚必有更多意外,棘手之事当然不会少。是故,对于"二进城者",须从实际出发,既要为维持再婚之家付出更多智慧,还要肯舍弃那些本不实际的念头,各自后退一步,给对方更多宽松空间，更要额外注意避免敏感言行，谨防擦枪走火。

爱情与婚姻，似乎恒为人们理想的佳酿玉液，但在围城内外，从来不乏酸甜苦辣。结婚前九叩三拜，离婚时千奇百怪，再婚后千姿百态。如此一婚三迥异，堪称当今婚姻三常态。那么，既然情知婚姻苦果缘于"昏"，就该细听过来人善言规劝，转昏为醒，从而仔细体察并妥善应对婚姻这"三态"。务请冷静认知，并且牢记"三态"之前勿忘"三给力"：结婚之前的精准判断力，离婚之前的足够忍耐力，再婚之前的超强记忆力。

钦佩钱老的真知灼见，让天下众生扯着耳根自我叮嘱：围城高成本，折腾需谨慎。

1998年8月初稿
2012年12月定稿

书香千古

历尽勤耕不辍的一生,无奈于医学水平的有限,于本当从容收获温馨安逸的人生金秋,你蓦然离去,一如你默默无闻的一生。在过去的365个日日夜夜里,无助的我时常难以置信:漫漫人生坎坷路,何以这般人力难为,世事无常!我们本已说定了的,术后仔细调养一番,携手相伴去看望女儿们。哪曾想,转瞬间一切皆成云烟往事。

每每言及此,女儿常满怀遗憾,病榻前没能多些照顾与陪伴,养育之恩未及反哺与报答。你这一生,为家庭付出了太多艰辛。

回顾我们婚后那些艰难岁月,为生计与事业我时常奔波在外。尽管同样是学科业务骨干,日常工作从未让你轻松过,但繁杂的家务重担却主要靠你来承担。每天接送两个孩子,风雨无阻。夜晚,任由流水般的家务缠绕到九十点。遇上孩子生病,更不得不连轴转,彻夜难眠。你以超人的毅力和透支的精力,把小家照料得井井有条的同时,还成功地把两个女儿抚养带大,让她们从小学到大学,一路成绩优异,直至双双赢得全额奖学金留学,结成母爱的丰硕成果。更让我一直愧疚不安的是,面对夫妻同处一个单位而我又位居管理岗位的敏感境遇，你以女人少有的胸怀与格局，承受着诸多莫名压力，付出了若干难能的大度与从容。

你一贯看重规矩。相伴四十余载，令我感受颇深、受益良多的是你一丝不苟的理家标准和一生规范的生活习惯，给予我舒适温馨的生活。多少年来，家中的台案、地面永远保持一尘不染，寓内厅室大小器物常年摆放得整整齐齐，就连抽屉里、厨柜内也同样井然有序。你的日常物品随用随理，定位存放，永远保持用后物归原处的金牌习惯，一丝不苟，多年不变。居家理财常用的证、卡以及资料、病案，件件定位存放，从不会为物件的东查西找而烦扰，就连家庭装修和大小家电的咨询维修电话备份也存放有序。相比之下，我的随意自然是常落埋怨。然而，毕竟是耳鬓厮磨、耳濡目染，规矩已然铭记于心，你的习惯已让我改常如故了。

当然，真正让知情人叹服的，还属你几近痴迷的一生书缘与文化修养。于日常职场奋争和家务繁琐之余，你执着于自己的心灵天地，毕生酷爱读书，常年以手不释卷为乐。那本早已被翻旧折损得掉了封皮的《红楼梦》，一直留在枕边。平日里，即使再忙，每天睡前至少个把小时的床头灯下热读，是你几十年雷打不动的习惯。你所坚持的那个"字典不离左右，边读边划边记录"的阅读习惯，让你畅游书海，过目不忘，永远保持着昂扬的兴致和学无止境的追求，留下的是博闻强记和海量信息。如此坚持几十年如一日苦读所积累的汉语言文字功底、丰硕的史鉴知识和读书心得，让你不仅足以恪守学为人师、行为世范的教师本分，坚守绝不误人子弟的职业操守，也感化滋润着亲朋好友，孕育营造着书香四溢的家庭文化氛围，潜移默化地影响着两千金的漫漫成长历程。

你转身离去这一年，家中因缺失了往日常有的诙谐与风趣而平添了几分凝重，我的笔下因失去了惯于挑剔的第一读者似乎再难有生辉的自信，偶遇生僻字词更没了枕边释疑之便，女儿越洋电话里有关史实、典故的疑问自然亦属求而无助。眼看铸成的遗憾，今生已永难弥补。

每遇孤寂无眠的夜晚，我时常面对一直伴你左右的十余种辞书滞而无语，用心归理你悉心收存的文稿与名著，一册册、一遍遍翻阅着你曾爱不释手的《读者》《咬文嚼字》等期刊，倾心于你细读时留下的点点印记。置身于这蕴含着一段书香记忆的书房里、资料中，我已不知多少回凝望，几多次难抑泪水……

难忘忌日之痛，2006年1月16日下午6时，痛心疾首，刻骨铭心。积一年沉思，冥冥中尽笔自难尽意。

泣血顿首，寄语致哀，聊为周年祭。

本文刊载于2007年1月17日《青岛晚报》

附　和衷共济，风雨同舟

1962 年 4 月 29 日　　星期日　　晴

前天，偶然见到《青岛日报》文艺版上刊发了我的一篇短文《上夜校》，小姐好奇地紧盯着看了不知多少遍，生发高论："立意不错，文笔尚可。惜哉还有别字。"

我自然不屑，道："阁下当真厉害，这可是编辑过手的'坐南朝北'的铅字版啊。"

"'的''地''得'咋用，只管找我。我是谁？天下文章数两江，两江文章数吾乡，吾乡文章老兄好，我给老兄批文章！"

说完，便扬长而去。好生一个"见面礼"。

图 1-1　1960 年高中毕业照

1962年7月16日　　星期一　　雷雨

昨天，这丫头满19岁，作为她的生日礼物，她刻意点了青岛影剧院的《雷雨》话剧。这是首次剧院里的二人世界。台上有康泰、王丹凤等一代名伶压场，剧情跌宕起伏；台下有她盛情为伴，我免不了心潮澎湃。

散场，里面《雷雨》刚谢幕，外面雷电正交加，暴雨倾盆中，雨伞形同虚设。我们一路沿吴淞路上坡，趟着满街湍急的洪流。待我送她到家，俩人一对落汤鸡，好不尴尬。我回到宿舍，已是子夜。经典剧情，是夜心情，早令睡意全无。

1962年10月2日　　星期二　　晴

书缘为媒，人缘趋近，心缘有灵犀，情缘渐靠谱。读书，忆史，叙经典，汉语言文字切磋，偶而也有争辩，成为我俩唠不尽的话题。自然，我宁愿做个听众，她时常骄傲于自己坚持的不败。首先是她的"认字经"：拿不准的字绝对不写、不念，秉持字典为凭。其次是她的"读书经"：凡读书，字典不离左右，笔纸不离手。更佩服她的执着，为了一字、一词，经常要翻阅几本字典，直到彻查、解透。好个执着、认真的不懈典范。

作为听众，这才半年，已让我获益匪浅：好多字曾经一直似是而非，或误读或别写了多少年，如今从根本上改正，唯坚持字典为师，字典乃师传经典。

认字有窍门，比如关于"己"和"已"两个形似字的形象记忆区分法，我所知道的传统说法是"自己张全口，已经半出头"，但她说的"转几得己"似乎更形象、更易入脑；又如"戍点、戌横、戊中空，交叉一笔念作戎"，也是我前所未闻。真师妙传，令我刮目。

1963年元旦　　星期二　　雪

午后，从"友协"看完电影散场出来，两人不约而同拐进聊城路照相馆，首次合拍了张半身照。之所以默契得心照不宣，是因为转眼就到春节，早已约好趁过年拜见双方老人。不知这是程序、仪式还是民间礼数，反正在民间传统上，届时只要将合照作为道具亮出来，对于二人关系就是种无须赘言的象征。

图 1-2　1963 年订婚照

1965年5月1日　　星期六　　晴

因为"四清",我主管的青岛市北绘图设计室节后将停办,学校安排员工全部转为民办中学代课教师。因多年的业务关系,除了业余代课,青岛渔业公司水产品加工厂还有意让我去做"以工代干"的绘图技术员。只是我撒手离开,把一个小姑娘自己撂下,放心不下。思来想去,我还是决定留下,多少能有个照应。必要时,以我的业务关系和在绘图界的知名度,我还可以带上她另谋出路。

1966年9月26日　　星期一　　晴

一大早，有学生私下悄声告知："青岛电线（缆）厂已来过几次电话，说你哥哥将被遣返，他们逼你随迁。让我们给顶回去了。"

看这形势，哥哥因酒后狂言被人恶意告密，惹恼了军代表，招致全家将被强制遣返，我被随遣的可能性极大。

她们家正为此担忧。她却说："你前面先走，我后面跟过去。"

"绝不可以！"我斩钉截铁道，"这是个坑，是个无底洞。"

"那就结婚。"她坚定地说。

两人相识相知虽已四五年，但谈婚论嫁还属首次。

1967 年 7 月 22 日　　　星期六　　　晴

没有婚宴，没有迎送嫁娶，只有周末晚间主动赶来的好友、同事和学生们，一起凑了阵嘻哈闹房。没错，这就是婚礼。唯一的家具是家兄给买的一张床，至爱亲朋的贺礼是一摞《毛泽东选集》《毛主席语录》加红双喜面盆和暖水瓶。婚房就蜗在这大庙山半坡上，是我已居住多年的学校教工单身宿舍。而于我们，则属地道的"上无片瓦，下无寸土"，一对民办中学代课教师。这肆无忌惮的浪漫，怎么说也该属地球上罕见的婚礼了。

客人们散去后，我们抱在一起大哭了一场。是喜，是悲？心知肚明又难说清。以后是什么，天知道。然而作为男人，这义无返顾的担当，始自今日。

图1-3 1981年全家福

1987年6月30日　　星期二　　阴

依照惯例,晚饭后带上俩孩子来盘山道遛弯。

孩他娘突然冒出一句:"有传言,你在小工厂圈里权倾一时,都传到学校这边来了。"

"这,从何说起?"

见我了无知觉,她倒认起真来:"请牢记那则古训——'木秀于林,风必摧之;行高于人,众必非之',树大招风。"

"你是说,'事修而谤兴,德高而毁来'?"

这几年,在校内,我先中层,后校级;于教育系统,多年局先进外加市优秀。较之从前,有些顺得太突然了。人言可畏,防不胜防啊。传言虽轻,听来沉重。

她郑重其事道:"务请再放低调。"

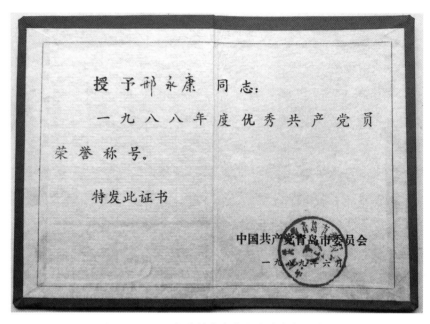

图1-4 1988年荣获青岛市优秀共产党员称号

1992年9月6日　　星期日　　晴

接市教育局任命，新学年伊始，我将履新学校正职。根据有关规定，同在一校的妻子须回避调离，我心痛无语。断离30年的老校人缘与根基，年届五旬，还要经历重开局面之难，令她心底门儿清又无奈。唯余苦笑着自我调侃："你腾达，我腾地儿，你升官，我受气！"

图1-5 1996年荣获山东省优秀艺术教育工作者

1996年7月21日　　星期日　　晴

赴港一周，去港科大、港中大看望在读的大小俩千金。满心踏实的欣喜之余，归来路上妻感叹得眼泪汪汪：两个穷学生，每人每月奖学金拿到一万二，咱辛苦了一辈子的穷教员，一月才一千出头，真够寒碜。回想起1967年，当年咱俩结婚时，典型的家徒四壁，前途渺茫。终于迎来30年后今天的这一代，真是"读书改变命运"，这才叫"书中自有黄金屋"，真个"唯有读书高"。

图1-6 1996年赴香港探望大女儿

图 1-7 1996 年赴香港探望小女儿

2005年9月27日　　星期二　　雨

　　把她扶上核医学科的骨扫描床位后，我心神忐忑地在廊道里煎熬着。蓦然记起两年前，妻子术后的病理检查报告 Her-2 为阳性，医生提示"这会影响治疗效果"。妻近期的腰腿疼痛太过异常。一小时后，科主任阴沉着脸示意我跟他拐进了主任室，他说："图像显示，椎骨、颅骨和右腿股骨多发性转移。"

　　犹如晴天霹雳，我脑袋嗡地一下炸开了，无助、无奈，欲哭无泪。这"判决书"，分明意味着为时两年的所有治疗，那痛苦难熬的手术，几十次放疗、化疗，悉数徒劳……

　　那一刻，主任安慰我些什么已完全模糊得记不清了，只剩双手拽住头发强制自己冷静。还有那么多事需要马上办，首先不能让她发现我的异常。只好以我要等待结果为由，安排保姆陪她提前离开。然后，我第一时间拨通了越洋电话，将噩耗首先告知大女儿。转身又回到主任室，还需求助一份隐瞒病情的虚假报告。

2005年12月21日　　星期三　　阴

从10月3日第四次住院至今，依靠放射治疗这把双刃剑，难忍的疼痛是减轻了，可是在抑制股骨、椎骨病灶蔓延发作的同时，骨髓的造血功能也被破坏了。白细胞长期在一千以下，血小板降到八千，早已跌破了警戒线。全身，尤其是内脏和脑颅出血，已经并将随时发生。

这期间，二女儿刚刚生产，此时正值产后身体恢复期，妈妈病重还一直在瞒着她。尽管为娘疼女心切，至今三缄其口，可病笃至此，眼见逆转无望，我不得不在越洋电话里隐隐地给老二打了招呼。

教子之道

做教子的有心人

一、习惯养成宜抓小

子曰:"少成若天性,习惯成自然。"民间俗语也称:"三岁看大,七岁看老。"说的都是自幼的习惯养成对孩子的成长乃至一生的重要影响。

所谓"以小见大",是强调孩子良好习惯的养成宜从小抓起。幼教专家考察孩子的成长经历证明,孩子的大多基本素养和习惯,主要在学龄前成型,普遍经历过成长中从被动、主动到自觉的过程。是家长持续不断的絮叨和数不清的重复,渐成孩子的习惯常性,方有"习惯成自然,自然成个性,个性定品能,品能定终身"之说。

从教育心理学角度讲,两岁以前的孩子,处于以生物属性为主的自然成长期,彼时对孩子的教育,主要是吃喝拉撒睡等常规性习惯的训练,属人为干预影响性教育。三至六岁的孩子,开始渐懂事理,进入社会属性增长期,对孩子的教育应以习惯养成加说理性教育为主,从启蒙引导逐步转入到意识教育阶段。两至三岁,通常是两种属性交叉共存的过渡期,宜视个性差异适度把握教育方式。

三岁前就应渐进地训练孩子吃喝拉撒自理，开始自己动手穿衣、穿袜、穿鞋、戴帽等，并逐步巩固熟练，直至其习以为常。三至六岁，则应注重对其品性的训导与习惯认知的训练。训导内容为浅显的正误是非判断及说服类理性教育。习惯认知内容为自觉自律性训练，如有令即行、有禁必止，如睡眠、起床规律化，如玩具、衣帽的定位、复位习惯养成等。要特别注意对孩子听话习惯与基本学习习惯的引导，宜从两三岁开始，随年龄渐增逐步提高要求。基本要求为：静得下，坐得住，约束冒失不狂躁；更要重视对事物专注度的培养，玩像玩，看像看；懂得倾听的道理，听话时能够集中注意力，倾听时能目光专注；重点是必须知道回应呼唤和提问，做到有呼必应，凡问需答；明辨浅显的是非，有错知改，对事物渐具思考、识别能力。这些都是学龄前从模仿训练到基础习惯的自我养成，属从启蒙到自觉意识的过渡教育。

如果上述训导基本"上道"，就是孩子在生活及学习习惯等方面幼、小过渡与衔接成功的标志。否则，就需及时"补课"，因为随着孩子年龄增长，恶习成性，越大越难纠正。如孩子日常表现随意，缺少听话习惯，行为毫无约束，进入小学可能就不守规矩。到小学毕业时，那些自律性仍然较差，课堂听讲、作业及时完成仍存在一定问题的孩子，学习成绩就很难上得去。像这样基础习惯较差的学生，初中要想有大的起色难度更大。许多教师反映，单就孩子的综合学习能力而言，小学四年级、初中二年级是考验学生的两道坎儿，那些前期没有养成良好学习习惯和基本学习方法的学生，往往会因被这两道坎儿绊住而落伍。

有心的家长，不是随性地婆婆妈妈瞎絮叨，而是重视与孩子建立面对面的沟通与交流习惯，从孩子幼年时期就定期和不定期由父母进行开导、训诫性谈话，或倾听孩子敞开心扉的诉说，或与孩子就行为习惯、为人底线或人生理想等话题展开讨论。这些家长有倾心备课的习惯，有主题，有目的，有始有终，注意呵护指导不抱怨，避免琐屑少絮叨，注重交流效果，其间隐藏着仪式感。长此以往，孩子自觉接受教育的意识就会成为习惯。据说，俞敏洪自幼就有双膝跪地倾听母亲训话的习惯，并一直持续到他成名。这母子交流对话的故事，对天下父母的启发性不言而喻。

优秀人才的生存技能，大都是在幼儿园或之前开始奠定基础的。自幼的习惯养成，对孩子属奠基立本之举。比如小时自理能力较强的孩子，长大出门会遇事不怵，对新环境的融入能力较强，会多些闯劲，多些认真探究的自信心。再如养成读书习惯，会成就孩子一生的追寻目标和不断向上的动力。又如自幼专心致志习惯的养成，事关以后听课、接受新事物以及专心做事的专注度及成功率。人的一生，之所以大多时候是在不断重复相同的行为，习惯使然。像那些动辄以"粗人"自诩的厚脸皮，凡事无所谓，平时惯于粗枝大叶、丢三落四，其幼小时期的成长环境不言自明。有些家长，孩子幼小时放任不管，等孩子稍大些，问题凸显出来，又无端抱怨，甚至焦躁动怒，此种例子并不鲜见。原为父母自酿苦果，到头来又迁怒孩子，已于事难补。成长路上无彩排，后悔药店没人开。

"玉不琢，不成器"，无规矩不成方圆。孩子的成长，必须伴以适时的教育引导。脱离约束的放任自流，之后大都会麻烦不断。正如钱文忠所言："我不相信教育是快乐的，请别再以爱的名义对孩子让步放纵……家庭教育，不能被孩子左右。"也完全不必担心，恰当的引导与约束不会对孩子的自尊和个性发展产生负面的影响。

重视把握成长期的家庭教育时机,确保孩子养成良好的行为习惯,从家庭教育到顺利融入学校教育,直至走向社会,是家长在孩子幼小时义不容辞的责任。孩子在各年龄段认知度存在差异,对其施教有着很强的时效性,机不可失,时不再来。

二、 慎避家庭"污染"

孩子可爱、可人,但绝不该是大人肆意随性的玩偶。家中老少、亲朋好友多有视孩子为开心尤物者,动辄喜欢逗孩子玩耍,拿孩子开涮寻开心。然大凡逗与玩,便很难理智清醒,很难不随心所欲。面对洁净的心灵,随意之举往往难免带有"污染"之嫌,特别是在对善恶是非观念不太清晰的童心稚意懵懂期。比如,就一件孩子爱不释手的玩具或一种孩子喜爱的食物,逗玩者佯装与孩子争抢状,意在测试孩子是意欲占有还是肯轻易放手,以此取乐。然反复下来,必定会强化孩子的占有欲、自私心。这显然与传统的"孔融让梨"、谦让关爱教育背道而驰。大人的随意逗玩,自己开心了,但日积月累下来,渐渐养成孩子的扭曲心理。

我在美国西部加州公园,观察家长带孩子的过程,中外教子理念的差异显而易见。华裔家长,从秋千到滑梯,从沙坑到球场,惯于尾随孩子,边跑边吆喝,事无巨细地跟着忙活;美国家长则惯于放养,只要孩子处于家长的视野之内,若无其事,绝少尾随。偶遇正常的碰磕绊倒,面对孩子的求救眼神,美国家长反而移开视线,佯装视而不见,意在让孩子养成自己面对意外的心态与避险能力,从长远看,培养了孩子客观对待挫折的意识和主动性。然而，不少华裔家长面对这种事，却夸张地表演踹地面、敲运动设施的闹剧，以博孩子破涕为笑。殊不知这是在误导孩子，遭遇挫折时无端迁怒于客观事物，无意中扭曲了孩子的是非观。当孩子年岁稍长，与同伴争吵打架，我们有的家长不管三七二十一，把责任全都推到别的孩子身上，甚而出面替自己的孩子"争气"。家长的此类无知与狭隘，我们身边屡见不鲜。

在商场里，孩子要买某种零食或玩具，大人如不应允，孩子动辄以哭闹甚而撒野示威相要挟。此时不少家长为"息事宁儿"，往往选择顺势依从。岂不知无原则地满足孩子的不当要求，是种心灵的污染。今日之妥协，难说不是日后对恶习的纵容。凡此种种，折射出的家长对孩子的娇惯宠爱、姑息放纵，经年累月、朝夕点滴地在潜移默化中影响着孩子。待到孩子任性撒泼成习，大人又会抱怨：这孩子咋成这样儿？殊不知，今日之恶果，早在多少年以前就埋下了种子，如今不过是应验了"小时偷针，大时偷金"那个古老的谚语罢了。

带孩子全靠家长有心、用心，家长在孩子面前要有模有样。那些随心所欲、没心没肺甚至恶习缠身的父母铁定不称职，不善自律的家长无异于负面示范与教唆，是在以自己的"榜样"污染孩子的心灵。所谓"状元的儿子会背诗，叫花子的儿子会讨饭"，说的就是家长的榜样对孩子的影响，虽难言绝对，但也绝非妄言。关于这方面的论述，早已是汗牛充栋，老生常谈。

说到家长言行对孩子的污染，不能不提及老人带孩子——想不污染都难。作为隔代长辈的大多数老人，不仅年龄与儿孙相差很多，思想意识也相差甚远。老人带孩子，最大的问题是教育观念、价值取向及是非好恶的差异，还有对孩子无原则的娇惯、无边际的溺爱。那些主要靠老人带大的孩子，绝难没有被污染的迹象，除非是熟谙现代教育理念、能够理智冷静地对待孩子的老人，可惜极少。所以，最好的办法是父母自己带孩子，拒绝老人参与。然而当今中国的国情是，父母和爷爷、奶奶、姥姥、姥爷都拿孩子当宝贝，都想"奉献"对孩子的爱。因此常见的情形是校内老师教，校外父母撒手，家中老人带。最常见的弊端是，父母欲严管，老人却无原则地袒护，无形中让孩子不知如何是好，甚或误入歧途。因此，老人带孩子虽身心劳苦，但教育效果很难让人恭维。这样说，很多老人会不以为然，也许这正是令人担忧的现实。在当下中国，尤其是当年的独生子女成为父母的时代，想拒绝老人带孩子，于主、客观上都几近妄想。所以，父母的责任是：直面污染现实，寄望老人自觉，并倾心于努力带好孩子。

三、 近朱难赤，近墨易黑

《荀子·劝学》有言："蓬生麻中，不扶而直；白沙在涅，与之俱黑。"寓指在孩子成长过程中，所处环境的重要性。

无数个案证明，环境对孩子的影响，经常是正向同化作用弱，负向同化作用强，即"近朱难赤，近墨易黑"，用老百姓的白话说就是"学坏容易，学好难"。成长期的儿童、青少年，如若交友不当，极易沾染不良习气，如口吐脏话、撒谎失信、胡乱花钱等。而在开放的当今社会，他们更易沾染抽烟喝酒、偷盗等恶习，甚至涉毒、涉黄，误入歧途。交友不慎，致家长、老师的心血毁于一旦，更让少管所墙外的探望家长内心苦不堪言。

交友对于人生之重，古有魏徵之至理名言"立身成败，在于所染"；今有法庭实例为证，一干贪官泪洒庭审现场，捶胸顿足，追悔莫及，伊们痛哭流涕的人生教训居然如出一辙——交友不慎！《孔子家语》中关于交友对人生之影响说得更形象："与善人居，如入芝兰之室，久而不闻其香，即与之化矣。与不善人居，如入鲍鱼之肆，久而不闻其臭，亦与之化矣。"现今传媒不断披露若干明星、大款的交友经历，教训深刻，引人深思：有因友涉毒、赌、黄者，更有遭友欺骗荡尽家产者。对于颇具社会阅历的成人尚且如此，何况白纸一张的少小之辈。可见，关键时刻家长的守望与耳提面命极为重要。

然又不可因噎废食，还应鼓励孩子适当交友，关键是交好友。切莫小觑幼少童趣玩伴圈，这里不只有稍纵即逝的发小情谊，也有相互间大同小异的喜乐与是非观，是个不可多得的班后小课堂。让孩子在与童伴稚友的交往过程中，相互学习，取长补短，走出狭小，扩大视野，逐渐涉足人情，认识社会，自会利于其由浅入深地明察事理、洞晓是非，直至增强对不良德行的免疫力。

与成人交友不同，孩子择伴需靠大人引导，并给予适当点拨，营造良好条件。古有"孟母三迁，择邻而居"之典故，当下也有父母为孩子择伴、选校的理性之举。古今为父母者，其心略同，目的都是给孩子提供更好的成长环境，其中也不乏为孩子交友的考虑。帮孩子择友，可以从家长间的相互了解、经常互动开始，但勿忘尊重孩子的感受。经常耳鬓厮磨的小伙伴，是孩子们欢乐与情感之所系，是他们健康成长的必要条件。

昔有古训曰："好交友，交好友；善交友，交善友。"明辨人间真善美与假恶丑，洞悉社会黑白是非，厘清交友之道，利于踏实清白做人。交友这门人生学问，堪为孩子成长的必修课。有心于伴随孩子健康成长的家长们，当时时慎察其人生路上所交之友，择善而近，识恶而远，此乃父母作为孩子第一导师的天职。

不知为父母者，可曾深悟其然并晓其所以然？

四、有种名义叫科学

人类虽具动物属性，但更具有区别于一般动物的人性，即人所特有的情感、理智与修养。对于肆意践踏人性，动辄打骂、撒泼之人，人们常会蔑之为缺少家教；对于不通人性之人，或直啐其为畜生。人，有时是脆弱的，遭遇一些非常刺激、诱惑，常会失去理智，甚至泯灭人性。少了正常的人性，多的自然属非理性、随意性、野性甚至兽性。

烟酒有害，尽人皆知。在西方社会里，烟酒要独设专卖，少儿止步；凡放任怂恿青少年吸烟、饮酒者，要承担法律责任。人未成年，思想认知尚待成熟，是非鉴别能力、抵御诱惑的"免疫力"较差，属社会重点呵护对象。多少案例表明，一些失足青少年的人性缺口，就是因沾染烟酒丧失理智后被扯开，误入人生歧路。一旦误入歧途，其人性垮塌将如多米诺骨牌，颓势难止，劣习成性，之后大多很难有根本性逆转，可谓"一失足成千古恨"。由此可见，让未成年人远离烟酒之国家立法，称得上科学。

然而，在我们身边的学生中，沾染烟酒恶习者并不鲜见，尤其是在一些远离家长的住校生群体里，不乏烟瘾成癖者。再看大、中、小学学生的生日派对或各类聚餐上，饮酒成风，多有烂醉如泥、旁若无人丑态百出者。难道我们孩子是未成自熟、无须管教的特类？君不闻，以造孽坑爹害娘而臭名昭著的李姓星二代，其肆无忌惮有恃无恐之胆就是缘酒而壮。这压根儿就是个严肃的家庭管控与教育课题，没有例外，不容疏忽。

有则公益广告语称"远离毒品，请以科学的名义"，是说只有从科学的角度去认知，才有可能实现教育上的深刻，才有利于从源头上真正理解"吸食毒品，终身为奴"的自我戕害之重及戒毒之难。科学教子涉及孩子成长的各个方面，像学校的性教育介入，就属此类启蒙性科学说理，又如学生守则中的禁沾烟酒规定等。具体到此类教育介入的时机、方式等，需在科学的指导下恰当实施。自然，此类底线教育，责任首在家长。家长只有自身从心理学、医学角度对危害有深刻的认知，才有可能有效地对孩子进行人生底线教育；只有凭借科学的真实性、严密性和毋庸置疑的说服力，才有可能让教育产生事半功倍的效果。

有位旅美华人朋友说起她的白人邻居教子花絮时，颇有感触。借着孩子首次远离家门走进大学即将开始独立生活的当口，母亲送给女儿成人礼的贺卡上赫然写着："吃饱饭，睡好觉，玩得开心；不吸毒，不染性病，拒绝怀孕。请保持四年。"可谓立意严肃，敲准要害，情真意切，针针见血。无论时机、内容、形式，抑或效果预期及创意角度都该算得上科学、适度、恰到好处。

2018年10月定稿

纷纭教子

为人父母者的职责，通常可概括为供养、监护、规训、传道和示范五方面，也可简单归纳为物质供养与家庭教育两大类。其中，最令父母感到困惑与棘手的乃家庭教育，正所谓"四书五经，难念不过教子经"。

家庭教育，是指以父母为主体的对子女进行的成长教育。孩子的健康成长，从家庭到社会，从小学到大学，都离不开养成教育，即孩子"长大"之学。教子，是天下父母无时不在想、天天都在做的，是陪伴孩子成长全程中日积月累的琐琐屑屑，散落于对孩子的精神赋予和日常行为的点滴灌输中。它贯穿在孩子婴幼期的吃喝拉撒、牙牙学语，少儿时的耳提面命与前瞻指引，青春时的守候关注和迷茫时的点拨。它体现为母爱之细腻，如呵护、絮叨，父爱之深沉、严肃，如定海神针。

家庭教育，属既无教材也无课表的随机教育。理想的家庭教育，是家长对未来孩子形象的精雕细刻，是放手孩子规圆矩方下的自理、自立；有效的家庭教育，绝非没完没了的恨铁不成钢，是父母经年累月、耐心守望后的点石成金；负责任的家庭教育，是比吃喝拉撒更为细微费神，比养儿防老更上多层楼的社会担当；成功的家庭教育，是父母心怀天下，为社会日益繁荣添砖加瓦，为人类长河注入的涓涓细流。

孩子教育起步在家庭，教子重任理所当然地首在父母。父母教子，当有农夫侍禾育苗般辛勤与心态，春耕、夏锄、秋收、冬藏，向来人勤地不懒，一分辛劳一分甜。暑来寒往，风雨兼程，朴实的农夫从不怨天尤人，经年累月任劳任怨。为父母者踏实耕耘，自有天道酬勤。

一、 家庭教育之重——无可替代

家庭教育显然不会像认字、识数那样立竿见影，也并非背诵《三字经》、古诗词所能取代，更没有一加一等于二或 ABC 那样简单轻松。家庭教育与学校教育，两者确需密切配合，但又各有侧重。学校教育的核心是"传道授业解惑"，重在教书，兼以育人。而家庭教育属自幼的养成教育，重在教子做人和立足之道，其内容大到仁义礼智、诚实守信、遵规守矩、自尊自立，小如日常唠叨的"手脚动作轻而慢，心不狂躁口不喊""敬老爱幼懂感恩，面客吃喝礼为先""爱物面前不争抢，美味搛菜不过山"。着眼此类孩子成长中的做人行为底线，与其说是教育，毋宁说是"人格养成""家庭教养"似乎更为妥切。

从根本上说，相对于学校教育和社会教育，家庭教育在孩子成长过程中的重要性，无论怎么评价都不为过。既如此，家庭教育绝不该随心所欲、轻易而为，它不是父母的口头功夫，吆吆喝喝就能奏效。家庭教育映照着父母的责任与智慧，既不能贪图清闲随意放手，让孩子一味赖爷爷、泡姥姥，更不能潇洒地抛金撒银，送托管、寄宿。很多家长为孩子择校、选班，进行专业培训，直至拼班转场一对一，那只能算是为孩子提供的学习条件，难以替代家庭教育。

家庭教育，是门严谨的心智性艺术，主要靠父母的身教言传和家庭氛围的熏陶，诸如为人处世的耳濡目染、家风的潜移默化、道德观念的浸润渗透、文化修养的日积月累，乃身教重于言教的背影效仿之学也。家庭教育在无声无形中悄然浸染，然而影响深刻无比，此乃家庭教育的真谛。

美国学者泰曼·约翰逊断言："成功的家教造就成功的孩子，失败的家教造就失败的孩子。"家庭教育是孩子做人的基石，终身立世之本，孩子的成功和家庭教育密不可分，中国流传千年的"子不学，断机杼"、岳母刺字、曾子不欺子等家教经典，都是最好的范例。古今中外无数经典都在警示父母，务必踏踏实实，从点滴做起。在教子问题上，父母的任何慵懒与托辞所酿渎职之恶果，除了自责，无人可以为其埋单。

家庭教育之难，难在从孩子的婴幼成长到走向社会这漫长的岁月，需要父母的持续陪伴与不断关注，断不可企望毕其功于一役，正所谓"十年树木，百年树人"。家庭教育之难，难在对教育成果的恰当期盼，这需要对孩子的天资秉赋有客观的了解和把握，因材施教，掌控分寸，既不宜盲目望子成龙、揠苗助长，又不可降低要求、放任自流。家庭教育之难，更难在难有成功的经验与模式可供复制与效仿。孩子和父母的秉性各异，各有其特殊性，加上孩子成长环境的多元与多变，直让出色的父母难当。

现实中家庭教育的成功率很低，也以不争的事实证明家庭教育之难。有权威统计表明，我国有超过四分之三的家庭教育方法欠妥或有严重偏离，家庭教育比较科学的尚不足四分之一。现实中的父母必须理性自知，大多数家长缺乏基本的家庭教育理念和科学知识。我国少儿教育专家孙云晓坦言："面对世界现代教育观念，中国的教育思想基本上还停留在父母专制、包办代替、望子成龙这样的传统上。"他指出："中国的早期教育非常落后，零到六岁的教育是最落后的教育。"

不可否认，眼下的应试教育与市场化教育乱象，都泛滥着教育的急功近利，极大程度地干扰着人们对家庭教育理念的正确认知。利用"孩子成长路上一刻不能停，所有经历都不是彩排"的夸张话语，创造出"绝不能让孩子输在起跑线上"这类如雷贯耳的国民级广告，让家长们相信，孩子的教育就该从娘胎起步。有则产床寄语严肃而认真："加油孩子，距离高考还有 6 574 天。"这超级诙谐，直让人如同走在散了剧场的人群中，不敢逆行。如此，身处社会大环境的家长们，于诸多令人眼花缭乱的雷人口号中焦虑、纠结，也就见怪不怪了。

然而，家庭教育是项长期工程，着重于孩子软实力的塑造与积累，这恰恰是看不见摸不着而在眼下又难见实效的。树人百年计，教子无近功。专家提醒，越是面临纷扰，越是要把握家庭教育的本质初衷，经营好家庭教育这两亩三分地。只有摒弃急功近利思想，抓住孩子基本素质养成这一主线，因材施教，才有可能远离盲目跟风，走出误区，理智清醒地直面世俗偏见，实施科学有效的家庭教育，扎扎实实为孩子奠定好人生根基。

家庭教育，是苍天赋予父母的天职，家庭教育无可替代。教子，是始自孩子呱呱坠地后的没日没夜，是项极需刻意用心的系统工程，是门代代传承的大爱艺术，是远比农夫耕耘更加劳心费神的慢工细活苦差事，不容偷懒，无巧可取。能否持之以恒，是对父母教子理念的真正考验。

二、 家庭教育的关键——父母定位

作为家长,对孩子负有教育的责任自不必说,更需强调的是家长对自己身份、职责的理性定位。在伴随孩子成长的过程中,身为主导者,父母应对自身角色有科学定位,可让孩子或心悦诚服,或喜偎乐依,抑或敬畏有加,从而收获事半功倍的教育效果。此乃家庭教育顺利有效的重要前提与关键。

给孩子生命,不等于可以掌控孩子的人生。美国学者斯蒂德直言:"身为父母,不仅仅指你是什么,更重要的是你做什么。"他在告诫天下父母,面对孩子,万不可终日以父母自居,重要的是负起责任,找准自己的职责与角色定位,从而不辱家长使命。

而这恰恰击中了我们的软肋。千百年来,代代因袭的封建家长专制下,中国父母的一贯形象是惯于高高在上,长于空口说教,善于发号施令,好于高压管制。这是因为中国父母骨子里大都患有封建皇权的角色顽症:我是天定家长,至高无上的一家之尊,孩子必须按照我的意愿行事。父母把天生的自负塞进孩子的人生,用自己的自负代替平等和尊重,其典型表现是:天生的随心所欲,传统的故步自封,盲目的自以为是,愚昧的无师自通!

中国父母的这种专制角色定位,决定了他们很少考虑孩子的意愿和感受,惯以威严压服,迫使孩子就范,而且高举亲情牌,动不动就说:"爹妈不可能害你,我们做的一切都是为了你好。"血缘的羁绊,使以爱之名的权利逻辑变得永远理所当然,成为虎爸、狼妈任意随性的借口与无理压服的挡箭牌,又是所有无知父母的盲行乃至胡搅蛮缠的遮羞布。于是,自诩权威的家长便可无所不能、无所不为,且毋庸置疑是一厢情愿。这种以爱为名义的道德绑架，变照顾为控制，成为一种爱的暴力，会压缩孩子自由发展的空间。

与此相反，伴随着独生子女的出现，现实中的"小皇帝"让很多中国家长又走向另一极端。在自己的"独苗苗"面前，一些父母变身唯唯诺诺的奶爸、猫妈，对孩子娇宠放纵，被孩子左右一切，面对孩子身上出现的种种问题首鼠两端，束手无策。这样的父母定位，后果照样堪忧。

上述种种，不一而足，像一座座无形壁垒，阻碍着父母科学定位家长角色。而家长角色的错误定位，会导致诸多错误行为：或对孩子大包大揽、照护到事无巨细，或撒手、放任乃至任由孩子为所欲为；或爱之深，孩子似乎什么都好，或责之切，孩子几近一无是处。传统的家长往往将自己的角色定位于两个极端，或管或惯，随心所欲，愣是让孩子找不着北。可以说，望子成龙的美梦，大多是好心父母亲手将其化为泡影的。难怪有专家不无揶揄地说："孩子的很多毛病都是父母辛辛苦苦'培养'出来的。"

一种颇为流行的观念认为，父母在子女面前，无所不能，应该既是家长，也是导师，所以对孩子应该严加管教。中外教育专家给出的父母恰当角色定位则是：诚心诚意做孩子的知心知己。切莫误认为，凭借父母的天定身份，孩子就该无条件顺服。殊不知这仅为一厢情愿。好父母应该是孩子心目中的益友良师，但现实中很多孩子与父母的关系却是紧张对立，甚至对父母产生逆反心理。不少孩子有话宁可闷在心里，或只对老师同学倾吐，也不告诉父母。究其原因，皆缘于为父母者从自己的主观愿望出发，对孩子的要求不切实际，不顾及孩子的心理感受，单纯强调自己为孩子的一片爱心、一番苦心，片面埋怨孩子不买账、不懂事，导致亲子关系紧张。这恰是父母自以为是的专制包办酿就之恶果。很多家长习惯于这种角色定位,从而对子女无理管控,导致教育无效甚至适得其反,但他们始终搞不懂究竟错在哪里,着实令人悲哀。

以现代科学的教育观念看,这些家长错就错在自以为是,导致对孩子的定位不当。父母须首先拎清亲子关系出现异常的责任大多在自己,宜投入更多耐心与真情去重建或修复。还要放下高高在上的架子,俯身与孩子交朋友,相信孩子不仅有独特的幼思童想,更需要起码的人格尊重。然而欲与孩子为友,得靠时间磨合,需要一股子韧劲儿。首先要与孩子平等相待,善于倾听交流,慎批评,不抱怨,以大爱之心赢得孩子的信任,让孩子感受用心交流的快乐,愿意与父母分享,真心相处。其次是换位思考,因材施教,客观以待,摈弃对孩子不切实际的盲目要求。果能如此,哪怕亲子关系已经僵化,亦可以真爱感化,重新启动。在家庭教育这场慢跑中,父母有时是教练员,有时须甘为陪练员,但绝不可忘记自身的真爱角色。切记:不做为所欲为、信口开河的"不良足球观众",少做评头论足的裁判,父母的行为若无爱心相伴,角色错位势在必然。

在当今父母的诸多定位中,还有一个重要定位——家长的权威性。这种权威性,不是凭借天定的家长身份实施专制、管慑而赢得的威严,也不是靠娇宠、溺爱和无原则的迎合来换取的依赖,而是通过亲子间长期的平等交流、深入互动与相互理解,形成的一种水到渠成的信赖。当孩子在成长过程中遇到困难时,小如学习难题、是非判断,大到人生十字路口的彷徨犹豫,父母总能以自己的人生经验、学识和睿智给予客观指导,协助梳理,拨雾辨向。这是种基于天赐亲情和长期平等的交流互动建立起的威信,是种弥足珍贵的家庭教育利器,其表现为子女对父母心悦诚服的尊崇。那些自以为是的独断专制型父母权威，孩子很难认可，只有孩子心目中的偶像型父母才可能享有真实的权威。

家长的真正有效的权威性，在陪伴孩子成长过程中，如影随形，足以让父母稳妥主导掌控孩子的成长，对其进行必要的科学管教，实施到位的安全监护。它不仅直接影响孩子健康人格的形成，还具有多重积极教育意义。尤其是面对孩子偶现的不当行为时，利用其对长辈的敬畏感，家长道出的"是"与"否"，既能收到令行禁止之效，又可彰显告诫指引之果。比如孩子的交友就需父母以过来人的权威给予恰当引导，使其明白"立身成败，在于所染"。反之，父母的起码权威丧失，有时会使孩子的成长失控，造成孩子的终身缺憾，甚而追悔莫及。

古今中外的无数正反案例表明，父母的角色定位在家庭教育中发挥着至关重要的作用，这既是一门严谨的科学，又需高超的艺术技巧。难怪中国自古以来就有家长尝试、探索易子而教，以求弥补因角色错位而在亲子教育中造成的理性与客观性缺失。在教育科学日益发展的今天，父母更要借助现代教育理论与方法，找到自己准确的定位。家长们特别需要铭记列宁夫人克鲁普斯卡娅的忠告："家庭教育首先是对父母的教育。"为人父母的第一课，就是学会尊重孩子的需求。称职的父母，首先应善于学习，善于自省，摒弃传统思想，敞开襟怀，适应时代潮流，接受科学知识。事实上，大多数情况是只有教不好的父母，没有学不好的孩子。只有父母好好学习，才有孩子天天向上。父母角色虽是地就天定，可好的父母却需学而后成。通过学习，做个无愧于天赋使命、紧跟时代步伐的称职父母。学习的内容，既有大到以儿童为中心（不是以"小皇帝"为中心）的教育理念，小到在沟通交流中俯身与孩子平等对话的教育方式，更有穷尽三生也不一定能学好的教子范例和海量教子经。这就需要为人父母者在教育孩子的过程中虚心学习，不断更新自己的教育观念，找准自己的角色定位。

三、 家庭教育的核心——教子做人

为人生奠基的家庭教育，核心是品性教育和德行培养，塑造孩子健全的人格，使其成为合格的社会成员，亦即教子做人。此乃家庭作为社会细胞对社会应尽的责任与义务，为古今中外大家智者所崇，当下尤然。

通常，"为人母者，不患不慈，患于知爱而不知教也"。有时在公众场合，面对那些熊孩子，人们屡屡无奈感叹："太不懂事，缺少家教！"说的正是孩子行为中映射出的基本品性和教养的缺失。常见新闻媒体曝出富人、名人、官员子弟的丑闻，其于晾晒纨绔们败家兼"坑爹"的同时，更赤裸地暴露出隐藏在背后的家庭教育问题。这虽让迷于当局的爹娘始料未及并追悔莫及，然众围观者却心明如镜——"种瓜得瓜，种豆得豆"是也。古训"惯子如杀子"几乎无人不晓，子女行为不端，家长自是难辞其咎。教子之艰、之苦、之难，是千家万户普遍存在的难题，达官显贵也不能免俗。

做人，是孩子面向社会的首要必修课。孩子不是父母的私有财产，转眼间便将成为社会一员。父母对子女的严控或娇纵、管教或溺爱，必在其未来的社会表现中尽显烙痕。来自父母的任何浅陋与偏颇之爱，都是对孩子当痛需痛的无理剥夺，其结果无异于戕害。疏于教子做人，致家庭教育或缺失或错位，造成孩子存在人格缺陷，孩子进入社会将因不被认可而举步维艰，甚至终遭抛弃，让所有美好流于空谈。是故，身为父母，任何言传身教之疏失与误导均属不可原谅。

教子做人，首先是做个堂堂正正的社会人，具备当有的良知感、公德心、是非观，知晓礼义廉耻并将之作为基本行为准则，方可于未来坦然直面社会。大教育家陶行知早有明训："千教万教教人求真，千学万学学做真人。"我最是钦佩清朝才子袁子才①，其对孩子的低调期望，心地清澈如泉水："人人望子做公卿，每到趋庭絮不清。我道儿孙是何物？世间不过一苍生。"他不求儿孙有多显贵，只盼他们能"骑款段②马，作乡党之善人，是即吾家之佳子弟也"。

孩子天分、秉性、志向各异，唯教其做人乃终身之本。孩子一路走来，难免磕磕绊绊，终需自己跨入人生考场，一切酸甜苦辣都是其不可多得的人生财富。家长对孩子溺爱放纵，或不顾现实，片面追求智育，忽视教子做人，无异于舍本逐末，终难遂愿。晚清第一汉臣曾国藩，极其重视教子做人，他为我们留下了经典的教子遗训："神正其人正，神邪其人奸。"他要求后人洁身自好，心怀敬畏，仁爱处世，勤勉为本。其对子弟教育严而有理，句句苦口婆心，无一不直指做人根本。在他的教诲下，曾氏后代人才辈出。

教子做人，方法可以简单质朴。父母并非必须有多高的学历，亦不必须口吐莲花般会说大道理，重要的是诚朴的行为示范，父母的一言一行均是孩子成长的导向仪。家长在孩子面前的言谈举止和为人表现，父母在日常生活中无意袒露的世界观、人生观、价值观以及处世待人方式，都将在孩子心目中留下不灭印

---

① 袁枚（1716年—1798年），字子才，清朝诗人、散文家、文学批评家和美食家。
② 款段，马行迟缓貌。

记,影响其一生。"好妈妈胜过好老师""有什么孩子必有什么爹妈",话糙理不糙。说到底,家庭教育的实质就是父母背影仿效之学。

合抱之木育于幼苗,奔涌波涛源自涓滴。教子做人,当始于襁褓,贯穿孩子成长全过程。

四、家庭教育的重点——习惯养成

著名教育家叶圣陶指出:"教育就是习惯的培养。"有统计表明,人的动作有70%以上属于习惯性动作,就如亚里士多德所言:"人的行为总是一再重复。"良好素养与优秀品格完全取决于良好习惯的长期自觉积累,优秀是种习惯,卓越不是单一举动的成果,而是良好习惯的积累。

良好的习惯,作为一种充满恒久能量的人生定力,一向被公认为是健康人生之根基、成功人生的推进器、开启孩子命运坦途的金钥匙。人的一生是不断养成好习惯和改正坏习惯的过程,这是人类生存发展的必然趋势。因此,孩子良好习惯的培养是举世公认的家庭教育重中之重。

好的老师,在传授知识的同时,始终注重学生良好习惯的养成。有首儿歌唱道:"请你先去洗洗手,若是手脏别碰我。"把幼儿园中的卫生习惯教育展现得淋漓尽致。学校教育尚且如此,在孩子启蒙和成长全程中负有重责并具有奠基作用的家庭教育更要注意!其实,只要仔细观察便不难发现,明智的父母在陪伴孩子自婴幼儿到青少年的成长全程中,从起居穿戴、吃喝拉撒、认知玩耍直到交友待人等,日复一日、年复一年言传身教、因势利导、规范要求的,就是帮助孩子在语言、行为、好恶、思维等方面养成良好习惯。

日本有句著名教育格言："家庭是习惯的学校，家长是习惯的老师。"这是在告诫我们：子女的习惯养成，成也父母，败也爹娘。因此，为了孩子，家长首先应该自查，"学校"是否合格，"老师"是否称职。哪怕仅仅是为了孩子，这家也该有模有样——无须豪华，但要整洁；孩子面前，父母须呈现光鲜的那面，时时检点，为孩子树立良好榜样，刻意避免撒谎、失信、无礼、张狂等陋习，更不能有吵架、动粗、酗酒、赌博等恶行。孩子心地洁如一张白纸，极易被渲染熏陶。温馨和谐、书香浓郁、积极进取、富于时代节奏的家庭氛围，无疑是孩子积极向上品性和良好习惯养成的理想环境。

家庭教育对于孩子习惯的养成，举足轻重。家长的习惯影响着孩子的习惯，家长的意识影响着孩子的意识，家长的恒心决定着孩子的恒心，所谓"近朱者赤，近墨者黑"是也。教育孩子养成良好习惯的最佳途径和方式，莫过于父母良好习惯的耳濡目染。外因总要通过内因起作用，正如孙云晓所言："真正的教育是自我教育，真正的控制是自我控制。"习惯养成的过程是一个由被动到主动再到自动的过程。欲将家长的好习惯变成孩子的好品性，不仅需要家长循序渐进全方位的言传身教，更需要陪伴孩子做出持续不懈的努力，最终养成孩子恒久自觉的良好习惯。

孩子的习惯养成，首先要靠父母的反复示范、规范训练，然后是循序渐进、举一反三。宜从孩子良好的生活习惯养成入手，比如从喜爱清洁、物归原处、礼貌待人，延伸到善于倾听、友善感恩、诚实守信；继而扩展到规范的学习习惯，比如从静下心、坐得住、坐姿端正及写字工整，渐进到课前预习、课堂听讲、课后复习并能认真按时完成作业；再随着孩子一天天长大，逐渐引导他养成认真负责、勤于思考、主动学习、计划目标、文明守法及合理消费等良好品德习惯。

孩子的习惯养成，是一个日积月累、润物无声的过程，难在坚持。有心的家长的实践经验是：好习惯的养成宜采用加法，使之渐进渐强，有如"春园之草，不见其长，日有所增"；坏习惯的改正可采用减法，宜不动声色，好似"磨刀之石，不见其损，日有所亏"。欲使好动浮躁的孩子坐下来静心看书，可以从每次陪他坐几分钟开始，逐渐增加到每次坐5分钟、10分钟、20分钟。要纠正孩子沉迷动画片或游戏的不良习惯，可以与孩子协商，从每天只看或玩一次20分钟开始，逐渐减少到隔天一次、三天一次、一周一次。家长需用爱心和耐心，恰当调动，适时鼓励，万不可急于求成，要始终关注已获得的成果并进行巩固。有经验表明，一种好习惯，持续三周可以成就雏形，坚持三个月可以趋于稳定。

对于孩子的习惯养成，家长除身教外，还要言传，让孩子明白好习惯之利与坏习惯之弊。日积月累，孩子自会明辨好坏并举一反三，自觉约束自己。然而，言传只宜因势利导，相机而行，不宜逼迫强制。切记，训子千遍，时常效果适得其反。

在孩子的诸多良好习惯中，读书与运动习惯被众多有识之士看重，认为这是使孩子成功一生、文武兼蓄的两大重要习惯。

一个人的读书习惯，是其自学能力的重要依托，可以成为人一生精神与智慧的源泉，养成读书习惯等于在心里装了一台成长的发动机。孩子读书习惯的养成其实也挺简单，只要有爱读书的父母，经常陪孩子一起读书，引导互动，为孩子自幼喜爱读书营造氛围、创造条件。家长至少应有重视读书的意识，帮孩子选购图书并适时更新。然后，在爱读书的基础上进一步提高要求，让孩子养成用脑读书、勤于思考的好习惯。须知，卓有成效的读书方法是与动笔记写读书摘要、读书心得等习惯相辅相成的，所以应该坚持边读边写，做到不动笔墨不读书，"略作札记，以志所得，以著所疑"，从而使读书收到事半功倍的效果。

运动不仅能使孩子具有健壮的身躯、吃苦耐劳的品质，还会给孩子带来活力，使其思维活跃，有助于提高学习效果。如果进而乐于参与体育竞技，将会使孩子在意志力、荣誉感、责任感等方面有所斩获。自幼养成喜好运动、乐于锻炼的习惯，足可让孩子终身受益。

综上可见，培养孩子良好的行为习惯是家庭教育重中之重。美国著名管理学大师史蒂芬·柯维认为："品德实际上是习惯的合成。"优秀源自习惯，习惯成就优秀。优秀与习惯从来就密不可分，所以就有"思想决定行动，行动决定习惯，习惯决定品德，品德决定命运"之说。愿天下家长慎思。

1987年5月初稿
2018年12月定稿

图 2-1 1979 年两个女儿合影

性格决定命运

母亲说，因我从小嘴泼——不计口味，喜欢吃东西，于是长成那种憨态可掬的样子，街坊邻居嬉戏称我为"二老憨"。"老憨"的同义词该是老实、窝囊，言外之意是长了一副好欺负的样子。母亲坚决不认可，一再郑重声明："俺二小子不憨也不傻，只是懒得搭理，不好跟人计较罢了。"又给我鼓劲："小子，咱不怕，大凡欺负老实人的，肯定不是啥好东西。有劲，咱在心里使！"

年岁稍长后，因为家庭出身，我入小学、中学、大学，屡屡莫名被拒，一直不顺，加上生活的各种坎坷折腾，久而久之，无奈中便形成一种默不作声的忍让习惯。表面忍让，心里又憋着一股子不服气，一有机会就暗自鼓劲，这便成就了我从小学到大学十几年"学霸"的铁样事实。"忍耐＋坚强＝坚韧"，这就是我骨子里的性格。在之后的大半生中，凡事乐于动脑筋，心里有准备，苦干加巧干，就没有难倒过我的事。这可能就叫"习惯决定性格，性格决定命运"。这坚韧，让我不屈不挠，点滴做起，一路成就了众人称羡的事业和家庭。

凭借着这坚韧不拔，让我在十分艰难的条件下屡有建树。校办工厂的旧厂建在市北区拨付给民办中学的补充用房用地上，院内的大工棚早已是千疮百孔的危房。我以机械制图技术的底气，找来建筑图册，在小院里边仿边创地绘就了2 000平米三层结构的大厂房。一边生产一边建设，不到两年，自筹自建，将建楼成本节省到了彼时市价的十分之一。由厂房起步，创成省、市明星校办企业，并以它为根基托起青岛艺术学校的未来。

有了这性格的内韧外坚，凡事总能"见得透，拿得定"，事无不成。20世纪70年代，校办工厂有赴上海学习技术设备的出差任务，本该由我负责前往，可有外行人却在领导那抢占了风头，逛了十天大上海，让事关全厂命运的学习任务泡了汤。事后，还是由我默默无声地替她善后，挽回了厂子的损失。有人为此挖苦我，人家的大江南玩得是那样心安理得，凭什么咱老邢还这般孜孜不倦。面对一干泼皮无赖，我不会计较。空谈误国，实干兴邦，有那功夫和精力，可以干成好多事。

进入90年代，我从分管校办工厂的副校长升任校长，有人心生嫉羡，阴阳怪气地说："如今天下怪事多，厂长能当校长，压根儿就不懂教学！"有同事为我打报不平，当即反驳："岂有此理，大瞪眼地无事生非。当年老邢当优秀班主任，数学教学名扬市北区那会儿，这些无赖们，还在娘肚子里打转悠呢！"面对无聊之人，我从来一声不吭，众人眼睛雪亮着呢！事实证明，正是我与同志们几十年如一日的坚持，终于从民办中学起步，创下了青岛艺术学校阔步辉煌的踏实根基。

及至下一代，闹腾的故事仍在延续。1974年六一儿童节前，妻子晓玲接到大女儿所在市北教工幼儿园的通知，说报社拟发六一新闻特写照，记者现场相中了老大，要家长次日一早帮孩子提前做好上镜准备。于是，借衣服，买鞋，鼓捣化妆品，全家兴致勃勃地忙活了一晚上。可是到了第二天，不仅原定的特写拍照换了人，连孩子身着的上衣、裙子、鞋、头饰都被强行转给了另一名同学。结果可想而知，面对突如其来的变故，好强的孩子狂闹不止，园长只得临时叫我过去。在幼儿园门口，孩子的老师悄声告诉我："听说是你们学校有人打来电话，说你们家庭出身不好，孩子的照片不能上报纸。"这都哪跟哪呀？她不过是一个不满五岁的孩子！园长正待解释，我愤愤地摆手制止。见孩子尚不在眼前，我忍不住厉声吼道："筹备拍照是你们通知的，临时改变主意我们也无权干预。你们完全可以先拍照，再决定是否采用，为什么要以你们的随意任性伤害无辜的孩子？"

这类事在我个人经历中早已司空见惯，我曾不止一次想，我这辈子也就这样了，只要孩子能有个全新的开始，不再凭空遭遇莫名不公就好。然而，最不愿见到的一幕竟还是意外地突现在眼前，无端刺伤一颗幼小的心灵。

孰料这仅仅是个开端。在孩子此后的小学生涯中，类似的不公又屡屡发生，如选拔学生干部、为宾客献花选人等，一直延续到20世纪80年代初。面对孩子的困惑与失落，我们并没有简单地同情和抱怨，而是适时地点拨、提醒："这没啥大不了的，遇事要冷静，爸妈就是这样走过来的。在此后的成长过程中，类似的事依然会有，你必须记住的是，你要比别人付出更多努力，才会成就你想要的。"

然而，这类生活插曲对于成长中的孩子，终究是种严酷的考验。当它一次次再现，经受感性、理性的重复折腾，焉知对孩子不是种积累和动力？从满心的不服气到主动积极应对，只有经过不该有的残酷现实和磨练，才会收获坚韧性格，慢慢悟出应对纷繁社会乃至复杂世界的硬道理。

从自理自立的生活学习，到只身闯荡世界，坚韧不屈的性格陪伴两个女儿一路前行。先是大女儿完成博士学业后，原本小夫妻俩可以同时受聘留在香港，高薪加优越条件，乐享安逸的二人世界，可老大偏偏向往挑战自我，又独闯美国。从哈佛的生物科学到斯坦福的医药科学，进行博士后研究学习，最终把二人世界定居到了美利坚。老二在香港中文大学完成镀金梦想后，本可回南京母校任教，可又一路独闯北美。一份北美超大通讯公司的工作，是别人眼里的职业天花板，而她却因自己性格的温柔内向与乐善好施，偏偏独好慈善事业，最后落脚美国的慈善基金会，被派遣到北京，一路做到高管，干得风生水起。

　　说心里话，起步于穷学生，两个女儿在香港读研、读博那些年，凭借数倍于我们穷教员薪水的全额奖学金，已经带动家庭脱贫奔小康，我们夫妻俩对孩子们的学有所成早已心满意足。然而她们，却毅然放弃到手的福不享，独闯北美。而且，远赴重洋，落脚域外，能安身立足就已属不易，她们的频繁折腾令我们不无担忧。可她们却不以为然，硬说"你们老土，顽固保守"，非要继续努力，瞄向远方，认定要干就找适合自己的。老大性格外向，生来喜欢挑战，在管理岗位上游刃有余，终圆了自己"决战职场"的大格局梦想。

　　两个女儿屡屡挑战自我，终于心想事成。这让我们彻底放弃唠叨，认可自己的"老土""保守"。她们从小奠定的生存根基和养就的坚强性格，不仅是谋生立足的底气，更是她们一生放眼未来、扬帆远航的不尽动力。

2020 年初稿
2022 年定稿

图 2-2 1997 年两个女儿和香港特首在一起

身教，境教，话教子

望子成龙，盼女成凤，是古今中外父母的共同心愿。而随着社会竞争的日趋激烈，越来越多的父母对子女的要求也"与时俱进"，达到了前所未有的程度。饱受社会教子时风的裹挟，很多家长恨铁不成钢，盲目地跟风，不停地唠叨，对孩子提出些不切实际的要求，盘算一些难以企及的目标，却忽略了父母自身和家庭环境给予孩子成长的影响。

在两个女儿成长过程中，我们虽也不无期盼，但又时常提醒自己：理性对待，绝不跟风随波逐流。要求孩子成才，首先必须从父母做起。对孩子提出适当要求、设定成长目标固然重要，但更需家长时刻以自身行为引领示范，从小事做起，从点滴做起，无声胜有声。孩子尚处幼少成长期，更多的是在默默效仿，身教、境教远胜言传，父母的日常举止背影远远胜过空口说教。

先后出生于1968年、1972年的两个千金，在从幼儿园到高中的成长期间，正值我夫妻二人的拼搏爬坡期。孩子上幼儿园、小学时，我俩每晚七点要到夜校兼职上课。下午五点半下班后，接俩孩子回到家，掐着钟点忙碌，紧赶慢赶对付一口饭。然后，或把俩孩子反锁在家中，由老大带妹妹；或去夜校的路途中把老二扔给姥姥，妈妈直接把老大带进课堂坐在后排，要么听课要么自己写作业，晚九点后再一起赶回家。连续十几年，孩子们凝望着父母繁忙的背影，感受着一路的非凡经历，岁月留痕，潜移默化，润物细无声。

父母的无声传递，自幼经受的人生历练，筑牢两个千金成长的根基。孩子观察着大人的生活细节和处事方式，耳濡目染，懵懂中紧跟着大人脚步，天天在繁忙与奔波中度过。如此艰苦磨砺的成长环境，少有称心如意的给予，没有衣来伸手、饭来张口的舒适，铸就寒门之子勤奋向上的必然。她们亲历着家庭日常的点滴不易，陪同父母体会到为人、做事、处世的艰辛，直面生活现实，目睹了身边的是非曲直，感受过艰难和曲折，收获成长中的人生财富。

我们一直坚信，父母绝非万能，重在用心于理性引导，少做无为干预，立足鼓励并放手让孩子自己在磨练中成长。孩子稍大，有幸赶上了中国教育的黄金时代——一个避过此前的荒漠期，教育开始受到重视但尚未被过度扭曲的八九十年代。我们放手让孩子从小养成自理自立习惯，成就了她们勤奋好学的个性和勇于担当的自信，从而较早就面对各种人生挑战的考验，历经优胜劣汰、世事纷争的人生淬炼，为之后屡屡抓住机遇稳步获得事业成功奠定基础。

教学相长，作为教师，我们有机会洞察辨识身边家长教子的是非曲直，从客观角度清醒地定位自己的家长身份，潜心营造家庭平等的民主氛围，鼓励孩子确立自己的独立思想，成长为自己的主人。我们虽都是教师，但给予孩子直接的课业辅导却少之又少。我们极力主张发挥孩子的自我积极性和主观能动性，在生活和学习上极少干预，鼓励她们遇到问题敢于自己解决，允许出现不足。当然，放手绝非弃之不管，而是立足教师的优势，用心发现，着力解决。她们的偏好与交友、身边的环境、成长中不同阶段的思想动向等，我们都会用心刻意关注。会定期与班主任沟通，察看孩子的作业、试卷，并适时有针对性地同孩子交流，一旦发现有不利因素影响孩子成长，即及时疏解，避免隐患因拖沓而酿成大问题。

父母的榜样力量远胜说教。当年，"读书无用"说还在泛滥的年代，两个千金就在父母直接影响下，读书不倦，从而养成勤奋好学的优良习惯。而父母面对逆境的坚韧，更给予孩子以勇气和力量。20世纪90年代，境外留学尚处萌动期，她们就先后以优异成绩赢得名校全额奖学金，搭上了改革开放后中国留学早班车。随后，摸着石头过河地自闯天涯，从求学、就职、定居、移民，直到成家、置业、生子乃至事业有成。一路走来，不断感受全方位国际文化氛围、人文环境的陶冶，主动接受域外工作节奏的鞭策和多元化生活的历练。及至2005年，全球经济一体化的迅猛发展，当中国孩子和父母视涌向欧美为新潮时，两千金又毅然先后选择回归。她们将十多年的海外斩获悉数打包，以集中外文化于一身的优势和自信，成为众多海归人士中的先行军与佼佼者，双双出任跨国公司高管。诚然，这一系列捷足先登式跨越，不仅要靠踏实的学识、专业优势为敲门砖，还需有面对纷繁生存环境的应对策略与决断能力，这似乎都与自幼铸就的扎实根基密不可分。

在一双千金的成长道路上，我们自然少不了耳提面命，但更多是孩子少儿时的以身示范，和成长期的引导。对孩子的教育随心所欲，就期盼孩子成才，梦想虽然美好，但不切实际。唯有以身作则，从日常点滴做起，踏踏实实筑牢孩子的人生根基，孩子才有成长中的不竭动力。值得欣喜的是，具备了踏实的根基和不竭动力，奔向远方的她们最终成就了自己。

2022 年 8 月定稿

图 2-3 1998 年随中国优秀教师代表团访问欧洲

智慧之道

谋事在人

被动的消极人生，坐等成事在天，指望天上掉馅饼，稍遇不顺，便会怨天尤人。智慧的积极人生，逢山开路，遇河搭桥。在困难面前，只要善于主动面对，敢于积极应对，大不了兵来将挡，水来土掩。我一贯笃信事在人为、谋事在人，认定办法总比困难多。因为习惯动脑，我曾被身边人誉称为"点子老兄"。老来与伙计们闲聊，细数陈年往事，若干曾经的近谋远虑，还真就不乏谋在点子上、闪烁着智慧之光的谋有所成者。

一

20世纪70年代，一位与我同病相怜的马姓同事，因出身不好，不仅在单位中遭受歧视和打击，在街道也备受邻居欺凌。住在他后楼有个泼妇赖女，隔三岔五便站在阳台上指桑骂槐、无事生非，一会儿说他是"狗崽子"，一会儿说他是"黑五类"。这位同事原本只想忍忍过去，可她就是蹬鼻子上脸，没完没了，搅得马家时常不得安宁，这位同事想起来就怵于回家。她这分明是落井下石，仗势欺人。闻知此事，我心中忿忿不平，决心出手声援。一个周末，我发动了十余名男同事，每人自备一辆大国防牌自行车，于当晚七点钟赶到这位同事家。

那晚我提前到达，刻意挑选了两位五大三粗的伙计矗立于大门口两侧，看上去像兵营的卫兵，一副炫耀肌肉的示威范儿。晚七点整，其余同事也都准时到达，我设想的场面如期展现出来：门口十几辆自行车整齐划一地列成一长排，俩彪形大汉凝神伫立目不斜视；老马住房朝向里院的窗户敞开，十多个青壮汉子分列两行，虎视眈眈，从里间坐到门口。

见一切就绪，我掏出早已备好的大前门香烟，分发下去。有人悄声细语说："导演亮相，开戏了。"我佯装没听见，刻意亮开嗓门道："来，来，来！抽烟，抽烟！点上，点上！"

没多大功夫，十几支烟枪齐刷刷喷发，屋里院内，烟雾缭绕，气氛威严而恐怖，很有股一触即发的火药味。我瞥见后院楼上，不断有人一面向下窥探，一面窃窃私语，颇显惶恐不安。我想，初见成效了。我示意将老马家的窗户全部关上，一如战前动员："困难面前见真情，朋友胜过亲弟兄。今天有劳各位前来，是要向后院楼上的人郑重显摆一下，咱们马伙计人缘红火，身边从来不缺朋友，左膀右臂多的是。不过，今晚咱们约法三章，只为息事宁人，绝不惹是生非。务请大家听从指挥，一切有我。"随后，再次大敞所有窗户，继续吞云吐雾。

过程中，如同预料的一样，后院上下悄无声息。九点散场离开时，从马家爆发出超大嗓门的喊声，响彻云霄："马哥们儿，有事只管招呼，绝对随叫随到！"次日一大早，老马赶到我家说："安稳了，好多日子没有如此平静了！"同事们纷纷称赞："好个示威亮相金点子！果真不虚此行。"其实，示威除了闹闹样子，不过给自家人壮壮胆，同时明告对方："我们马弟兄不缺这阵仗，没长眼就看着办!"

有位好心的学生家长闻知此事后,给我找了俩台东地区的社会青年,找那泼妇的儿子"好生聊了聊",着令其必须识趣。这兜底的一招,令那泼妇彻底老实了。之后又跟踪了数日,依旧安然无恙,我这才终于松了一口气。事后,同事们把此事好有一比:"困难像弹簧,你强它必弱,你弱它就强!"

二

我的妻子晓玲是宋家的大姐大,在我们成家后的日子里,宋家的事自然要一起担待。到了20世纪70年代末,三个内弟都长成了30岁上下的青年,各自恋爱后相继提出了结婚打算,这凑堆的热闹成为天大难题。事情明摆着,彼时的九口之家,二老的百十元工资月月光,筹措、求援的路也难行通,那时大家都缺钱没房。

二老手头仅有3 000元应急现金,还拖欠工会一大笔互助金待还。一场婚礼的花费少说也得几千元,更别说三场和其他开销了。老泰山为此愁得睡不好觉,让我给支招儿。我和晓玲则认定,要钱、要房没有,但只要肯动脑子,应对办法总会有。于是,我们绞尽脑汁,搜肠刮肚,想出一绝招儿:长痛不如短痛,干脆直接摊牌亮底,实情相告。在我的建议下,二老召集家庭会议,当着三对情侣六个人的面,公开家底实情,坦诚公布一次性安排:唯一的后院中13平米自建房,优先给老大、老二、老三的婚房自行解决;从今天起到结婚为止,三个儿子都免交生活费;父母仅有的3 000元现金,一次性三对均分;以后结婚的全部费用,包括租房、购置家具、婚宴、蜜月旅行等,完全自己负担,量入为出。

如此照实坦诚相见，家庭民主公开，喜获大家的理解。本想会上先亮出方案，让三方回去商量后再回话。结果，未过门的三名儿媳纷纷当场表态，体谅二老当下家庭实情，整套方案全盘接受，当场分钱散会，从此开始自立门户，各显神通去了。如此速战速决，干脆利落，二老如释重负，原先的重重顾虑烟消云散。我调侃二老，说这是典型的"裸婚"，"包产到户"，幸福到家，大功告成。

三

　　我家居住在贮水山时有个习惯，天天晚饭后，一家四口沿着盘山小道散步聊天，乐享天伦。有次赶上小女儿中考前一天，散步时我发现她口中不时念念有词，便问她在背什么。她说，政治时事提纲里有项"中国十个计划单列城市"，城市名字老记不住。我顿时想起了当年历史课堂的师传诀窍，清朝十代皇帝，老师用"顺康雍乾嘉，道咸同光宣"顺口溜来帮助我们记忆，曾让我印象深刻。我当即照样给她编了两句十字顺口溜："重武沈大广，哈西青海宁。"照此，只两分钟她就记住了。结果这真成了那年中考政治的一道3分填空题。那年她中考总成绩列全市第35名。面对"一分压过一操场"的全市统考，倘若总分少了这3分，可能就要滑到数百名以外。一旦总分碰巧在录取线上下，这3分很可能就成了决定命运的关键。

四

　　1993年秋天，大女儿读研结业留学前夕，导师给她介绍了个课余挣外快的项目。一位台湾出版商，要编辑一套英文版的中式小学算术习题集，寻求合伙人。女儿和女婿尝试编了份三年级上册，对方看过后非常满意，要求照样完成全套，出价六千元。女儿拿不准，问计于我。我认为，要完成这项任务，必须同时具备三项基本功：对小学算术知识融会贯通，掌握适合儿童的语言文字编写能力和中英文翻译能力。既然对方对你们前期编辑的内容很满意，说明你们具备这三项能力。付出需有相应的回报。按知识应有价值，就这套习题的编辑加翻译，我认定如果低于两万坚决不干。那时两万块钱可是我们夫妻俩当教师一年的工资收入总和！女儿照此还价后，对方当即表示成交。从六千到两万，一下子涨了三倍多，可见，开始出价时台湾佬以为大陆人没见过大钱，想拿六千块钱打发穷学生。我言无二价的支招，竟成为孩子读书有成后挖得的人生第一桶金。

五

机会只光顾善于抓住机会的人。切莫小觑我在山东动专那仅有的一年，它不仅奠定了我的机械与电力基础知识和技能，成为我工作的敲门砖乃至看家本领，还因此让我成为电力部门的常客。在电力资源紧张、"电老虎"横行的七八十年代，用电开户、增负荷的高额缴费和限电时段违规被天价罚款是家常便饭，而我们学校及工厂的开户、增电一直畅通无阻。缘何？我的大学同学遍布省内电力系统，处处绿灯，畅行无阻。

80年代末，校办工厂的液压系列产品要办理产品质量许可证，需经山东省机械所实验认证。我们一行数人星期天晚上赶到济南后才得知，省机械所因限电"开三停四"，到星期四才供电上班。要么等候三天，要么打道回府，我心有不甘，时间耽误不起。周一大清早，我试探着拨通了省电力厅话务总机，随口向话务员报出了三个同学的名字，对方回答："都在，你到底找哪位？"我说："随便，任谁皆可。"这让我兴奋不已，我向已30年未联系过的学友讲明了此行目的和无奈，并说："倘若在青岛，肯定不是问题。"他爽快地回答："老班长的事，在这也不是问题，济南电业局也有咱同学。"就这样，经几个同学沟通，很快就打通了所有关节，等我们几人赶到省机械所时，那里已经合闸供电。只见他们液压实验站站长一脸疑惑地向我同事发问："到底是谁有这么大能量？"我抢先回答："因为是军工项目，所以被破例关照。"于是，他们也照样"破例关照"起来，全站总动员，把几个液压实验台上的等待试液压元件全都卸了下来，全力以赴为我们忙活。到下午四点，全部实验数据加文字报告悉数完成，就连实验收费也给予了"破例关照"。

"邢校长法力通天，连省城的电网也调动得滴溜溜转。"我们人还没回到青岛，厂里的传言早已不胫而走。我说："这叫好人朋友遍天下，朋友多了路好走。"

六

老郭，这位我在山东动专被钦点的帮辅对象后来成了我的挚友，我俩一直过从甚密。到1989年，他已经是青岛电业局办公室的十年老主任，局领导接班人，事业如日中天。惜哉，这年春节刚过，因公务应酬及连续工作疲劳过度，不幸在上班途中因心梗发作而猝死，年仅49岁。众多亲友闻讯前来吊唁，同时也为善后拿主意亮招，以抚慰生者，告慰亡灵。然老郭的众多好友和亲属，多是电力系统圈内人士，对代表家属直面电业局领导提出善后要求有所顾忌，所以我责无旁贷地担当起老郭亲属的代言人。

在处理老郭后事过程中，我发现人走茶凉竟如此无情地顷刻成为现实。昨天还对"郭主任"唯唯诺诺的贴身副手，转瞬成为老郭的继任者，竟毫不掩饰地站在了家属的对立面。他居然亮出"郭主任生前一贯大公无私，家属的过分要求，有损郭主任形象"的无赖高调。我满怀愤懑，当场揶揄并斥责他："副主任小伙，现在是什么当口？你这是在往郭夫人伤口上撒盐！我是受托代表你昨天还尊称的郭主任，为他的子女争取个圆满安排。请您以人性的名义，给以尽可能的通融。"他当即尴尬地圆场道："请理解，职责使然！"我更敏感地发觉，他们非常忌惮对老郭的去世定性为"因公致死"，那么，这正是谈判取胜的关键。我斩钉截铁地代表老郭家属要求："只要将孩子妥善安排好，工伤结论不重要。"最终，众人集中关心的四个条件，争取满足了前三个，其中大家最期盼的小女与儿子获批入职电力系统得到圆满解决，让老郭宽心九泉。我作为"坏中坏"，又一次在业内扬名。

七

1978年秋季开学，我从校办工厂调任教务处，主管全校教学工作兼任初三的一个特快班数学老师。接手之初，我问及特快班的组成过程及学生数学基础情况，回答是"推荐加考试筛选"，程序严格，敢拿人格作保，绝无问题。可两堂课过后，我还是察觉出了端倪。于是，就精心编制了一份代数题，覆盖了初一、初二的基本知识点。我向班主任讨来一节课外活动时间，要求学生

50分钟完成50道题，掐点发卷、收卷。结果真相大白，全班45人中有三人六十几分，一人40分，还有一人14分，其余皆95分以上，甚至满分。我把考卷连带成绩分析交给分管校长，并缀上一句："考察的全是基本概念，每分钟需答完一题，每题两分。总体成绩还好，说明前两年老师们的数学教学比较扎实。这个班里虽然得高分的不一定有多好，但低分的五人肯定很差。问题是这滥竽充数的五人是怎么混进特快班的？"校长仔细看过卷子和成绩统计分析，悄声道："谢谢你的细心和明察秋毫，否则我还被闷在葫芦里。"我既要对学生负责，也对自己负责。

八

20世纪70年代，有次去南京和上海出差采购，我无意间发现直达上海的火车票上印有"三日内到达有效"字样，便突发奇想，何不顺路游览一下江南风光？于是，我脑子里开始遍搜古诗文里提到的沿途著名景点。下午从青岛出发，当天晚上，我在南京一下火车，就紧忙赶往江边，饱览了夜色笼罩下的长江大桥全景后，才顾上吃饭。第二天上午，完成了在南京的采购任务，下午去了中山陵和明孝陵。第三天早五点从南京出发去上海，开始了沿途一日游。我先在镇江下车，赶赴法海寺一游；再到无锡下车，去了著名的锡山、惠山和太湖边名景鼋头渚；再乘车到苏州下车，游遍了寒山寺、留园和拙政园。当晚八点半，我到达终点站上海。

这奇特的一日游，上、下车和游览都是马不停蹄一路小跑，满脑子是站点、车次、景点、钟点，根据预定景点做周密盘算，脑力、体力并用，全天都在超负荷地挑战自我。这多亏了沪宁线上车次超级密集,以及我年轻时的体力、活力和争强好胜的精气神。每站下了车,我先按点选定继续前行的车次,提前排队改签好票,全力压缩时间奔赴各个景点,再掐点返回车站赶车。

这段工作、赶路、旅游三不误的生活碎片,即使是40年后的今天再度回味,依然趣味无穷。这又何尝不是我不放弃各种机遇、一生奔波不停的鲜明写照!

九

进入20世纪90年代,学校发展迅速,招生猛增,校舍不够用,我想把临街的老楼由原来的四层加建至七层。通过教育局基建处间接咨询市规划局,答复是这楼已经影响正北方向的丹东路小学及居民楼的采光,再加高有可能引起邻里纠纷。这坎儿怎么过,我再度托人私下探询,得知这类宽严两可的事,主管部门怕惹麻烦,没人愿承担责任。

忽一周日传闻,挂钩联系学校的市级领导正在调整中,下周将对外公布。次日一早,我火速赶往教育局,强烈要求请主管城建的副市长挂钩艺术学校。局办公室主任调侃我道:"看把你急的,办成后请客!"我顷刻释然:"那艺校改建任务的审批、办证就拜托阁下了。"开学后,适逢教师节,新任分管副市长来学校与教师见面、座谈,果然真就是主管城建工作的那位。借分手送行的机会,我将临街老楼加高的事悄声向他吹了风,请他酌情关照。结果完全事遂我愿。没过几日,市规划处就派人来到学校,对拟加高的楼进行了详尽测量计算后,立刻派人将街道城建主任叫了来,并三方面对面,当场宣布:该楼加建到七层,完全符合相关规定,毫无问题。加建过程中如有人干扰,请街道出面澄清。此后，改建手续无论审批到哪个部门，一路畅通，从未有过的"短平快"。

我十分欣赏法国人赞许前总统蓬皮杜的一句话："机会只要经过他伸手可及之处，就能立刻抓住并跃身上马。"其实，像这类成大事的小点子，不过是灵机一动的适时而为，靠的是脑勤、嘴勤、腿勤和刻不容缓。否则，这类模棱两可的项目要想获批，难比登天。

智慧大脑，是种想动脑、善动脑、肯动脑、乐于动脑的日常生活思维习惯。脑袋勤快点，自然会排除些莫名干扰，少些无谓烦恼，工作会提升效率，生活会增添火花和乐趣。

2020 年初稿
2022 年定稿

图 3-1 1996 年著名表演艺术家田华到访青岛艺术学校

没有人能随便成功

人生于世,没人不想成功,然而又没有人能随便成功。《曾国藩家书》里有句名言:"志不立,天下无可成之事。"意思是,成功首在立志,在于有前瞻、有目标。立定前进志向,下定成功决心,是成功的前奏,绝难有随意的成功。古往今来,大凡以成事为己任者,无不以立志为启程前行的开场锣、冲锋号,其志向之坚、决心之大,可谓"君子一言,驷马难追",掷地有声。然而在现实生活中,却常见立志时豪言满天飞,终成大事者却并不多见。那种心血来潮的信口开河,显然与决心成事者的立志大相径庭,是在拿立志当儿戏,无异于对立志的亵渎。所以就有"无志之人常立志,有志之人立常志"之说。

成功人士之所以成功,盖因勇于立志,敢于行动。2003年,地产大亨万科老总王石,以52岁的"高龄"和业余登山者身份,立志攀登珠峰,并成功登顶。王石的壮举足以证明,立志是成功的起点,是大丈夫深知成功不易的"拿得定,见得透,事无不成",是历览无尽教训的"明知山有虎,偏向虎山行",是深思熟虑直面万难的胸有成竹。与王石相比,很多人难有如此的决心与魄力。这世上的成功者罕见、平庸者众多,也就不足为怪了。

不妨再以励志典范俞敏洪为例。他三度高考考进北大，留校任教却被北大除名，又凭借小广告起家，创建了新东方，最终发展成为大规模的综合性教育集团并在美国纽交所上市。纵观俞敏洪的成功之路，他凭借的就是内心明确目标和坚定意志，跳跳高摘果子，一次不成，再跳再摘，如此反复"跳摘"，让矢志不渝的奋斗进取和坚持终成正果。若不是无惧坎坷，不肯服输，哪有落脚顶级学府的机遇和从教名校的经历？又哪来名扬天下的新东方？

那位曾经的中国首富宗庆后，当年也只是个校办工厂走街串巷的冷饮推销员。以上这些典范，尽管成功之前都遭受过白眼，历经创业的几起几落，但他们都拥有超凡的眼光、胸怀、实力和内心的强大与坚韧。

在前半生的阅读与阅历中，我见识过更多贴近生活的励志成功范例。

在硅谷苹果总部驻地库比蒂诺，我曾结识过一位四川籍何姓华人，属不甘贫穷的立志高手。他年轻时一无背景，二无文化，闯荡江湖就只靠有心、敢干。他从小就学着摆弄拖拉机，刚满16岁便成了长途大货车的编外跟班。在物资匮乏的六七十年代，跟车跑长途可是个让人嫉羡的油水活。及至转正上位成了师傅，立业成了家，当年的小何已然是个有胆识、有心机、有想法的智慧老何了。亲友劝他何不近水楼台，让儿子弃学早进长途公司，而他却认准只有好好读书才是正路，且为儿子定下的目标直指北京。他经常出车到藏区，身边不断有人让他给捎些在当地较为稀缺的藏猪肉回来。他从中得到启发，在藏胞老乡那里取得真经后，给老婆分批带回了适宜大群放养的藏种小猪仔。如此养鸡生蛋，积十余年光景，何家的藏种猪场已成规模，儿子也从清华毕业留洋到了美国硅谷。他接着又让女儿放弃在民办小学教唱歌的差事，去成都进修一年钢琴专业教育后，也跟哥哥来到美国加州，并很快把周边华人孩子的钢琴家教办得风生水起。若不是当年老爸把自己的志向押宝于儿子，哪有后来儿子带全家走出大山漂洋过海？这是一个积两代人之力的励志典范，文盲老何立志搭梯登高望远，儿子通过励志发奋站上知识制高点，从而改变了自己和全家人的命运。

困境可以激发人生目标，为不断前行增添动力。我的一位农民工朋友，从高考落榜那天起，心里就憋了股子劲，立志让自己活出个人样来。落榜当年他就赤手空拳进城到装修队打工，起初连打杂都插不上手，半年后，他瞅准了贴瓷砖的瓦工活，从搬砖、拌灰、抹墙到上手贴砖一件一件学起，不到一年就成了有模有样的师傅。而已然立足的他并没止步，油工、木工、水工、电工，各种装修活都学着干。五年下来，凭着苦干巧干，他不仅给弟弟挣足了学费，还给自己添上了双排座小货车。六七年下来，当年的高中同学虽已大学毕业两三年了，但仍处于人生摸索探路阶段，而他早已干成了事业有成的包工头，既扩建了老家父母的祖传旧宅，还在城里买了新房。这不，孩子刚上幼儿园，他又来找我探讨城里小学择校的条件与成本。他说，是落榜给了他动力和志向，是志向给了他坚持的力量。如今他认定的理念是，人只有瞄准远方，才能不断登高攀崖。他的下个目标是，绝不能让儿子再干泥瓦匠。

眼光决定财富，意志成就事业。报载靠易拉罐致富的故事，说的是一个农民工小伙，从进城收废品起步时就瞅上了不起眼的易拉罐，认准这是个凭借积少成多足以干成"废里淘金"的亮眼活。目标确定后，他先是联手各家废品站成立易拉罐专门收购点，然后自备坩埚干成了熔炼铝锭的"铝老板"。认准目标矢志不移，一步一个脚印，让一个肩背编织袋走街串巷收废品的小民工，成就了千万大产业，还带动了身边一帮小弟兄。不想当将军的士兵不是好士兵，今天心无旁骛坚持干，为的就是明天能圆将军梦。

　　立志需靠励志增添动力，方能践行成功。励志大都要靠自己，有时也要借助外力，比如长辈、恩师。有位学者撰文称，当年他考进中山大学读研，导师给他和同窗的见面礼竟是下马威式的约法三章：每学期课外阅读总量不得少于百万字，记写读书笔记不得少于十万字，撰写论文不得少于一万字。开始，大家都觉得这要命的"百、十、一"简直就是儿戏。然而师命难违，只得在抱怨中昏头胀脑地勉力而为，渐渐地将起早睡晚、晨读夜记熬成习惯。三年埋头下来，压力让他们遨游书海，终至苦尽甘来，不仅海量的专业信息储备远超同辈，还练就了自学硬功，为日后成功铺平坦途。如今站在业内学术带头人的高度，回忆起导师曾经的励志"狠"招，这些当年的学子们个个心怀感激，赞叹不已。

　　这世上，成功立志压根儿不简单，狠心励志从来不轻松，也就决定了没有人能随便成功。因为成功需要认清方向，找准目标，而对前进方向心明眼亮者并不多见；因为成功需要早做准备，而对自己未来有准备之人屈指可数；因为成功需要付出艰辛，而肯付出代价者凤毛麟角；因为成功路上需要持之以恒，而困难面前半途而废者比比皆是。其实，成功的路上从不拥挤，因为嘴上说努力的人很多，而真正能把努力坚持到底的却少又少。所以，纵观古今中外成功者，多属"言必信，行必果""咬定青山不放松"的目标明确又踏实苦干、意志坚毅之人。

人生关键处只有几步，机不可失，时不再来，机遇永远青睐那些行稳致远的人。立常志，勤励志，认准目标，矢志不移，何愁事业不成。做人就要做个胸怀常志、心恒志坚之人，于关键时刻睁大双眼，瞄准远方，踩正步点，张开双臂，终将迎来人生的辉煌。

2018 年初稿

2020 年定稿

成也习惯，败也习惯

一个生活有条理的人，总能物放定位，物归原处。与信手乱丢、乱放相比，无须经历翻箱倒柜的折腾，避免了查找不到的烦恼。出门在外，或客居或旅途，起身离开时不忘回头一望，有心的刹那，足可避免无心的丢三落四。同为车场停车，除了摆车到位，有人认定车头向外为每次停车的必须。一个人的日常行为习惯，是种稳定的惯性趋势。养成良好的行为习惯，是人生得体修养的外在体现。

习惯表现在生活、工作的方方面面，小到衣食起居，进家门，挂妥衣帽，摆正鞋，离家前，衣整帽正，随身物品想周全；大到遵时守信，礼貌待人，与人为善，大度宽容，待客迎送得体，交往处事善始善终。看上去的信手随意，展现的却是一个人长期形成的规范习惯、修养品行。

好的行为习惯，靠的是系统性学习与教养。叶圣陶说："什么是教育？简单一句话，就是养成良好的习惯。"再细究孔子所说的"少成若天性，习惯如自然"，强调的又何尝不是习惯养成教育？好的家庭教育，从来就是良好行为习惯的点滴养成。好的家风，就是对良好行为习惯的风气传承。中华传统教育历来注重对孩子良好行为习惯的养成教育,人们耳熟能详的《三字经》《弟子规》《朱子家训》传承至今数百年,仍有无可替代的现实教育意义。

习惯的养成,是个客观约束与自我强制的修炼过程,起步于"21天效应",铸就从必然到习惯成自然的随心顺意。跟木匠师傅学徒,每天干完活收工前,首先要认真清理施工现场,再把当天用过的铲、凿、刨、锯逐一磨锋擦亮,才可收工离场。徒弟从师傅那里学到的,不只是手艺,还有千年的行业经典和不变传统。

习惯的养成,是坚持磨炼的结果,就如枯燥乏味的日常健身,靠的是顽强毅力,磨炼的是从身体适应到心理上的习惯顺应。与之相反,那些惯于以始为终的心血来潮者,除了"办个健身卡就是为三分钟热血埋单"的结局外,只剩眼瞅着逾期作废而无奈地自嘲。

一个人的行为习惯,决定着他的品格和成败。习惯,远不止常人眼中的吃喝拉撒、衣食住行那么简单,它更多地体现在学习、工作、为人处世等事关人生前途、成败优劣的各方面。在日常生活与工作中,对待时间,随时抓紧是习惯,慢腾腾任时光白白流逝也是习惯;遇事先谋后行、专注认真、善始善终是习惯,凭借一时冲动盲目乱干,遇到挫折就轻易放弃也是习惯;勤奋向上、善于学习是习惯,慵懒萎靡、不思进取也是习惯;言信行果、有诺必践是习惯,虚与委蛇、自以为是也是习惯;与人交际诚恳和善、善解人意是习惯,盛气凌人、刚愎自用也是习惯。所有这些习以为常,无不时刻展示着一个人的品性与形象,定格着他的思想境界和信誉,形成了他在身边亲友心目中的层次,沉淀着上司乃至社会对他的格局定位与判断,最终注定影响其人生的成功与失败。

追求好的习惯，是种勤奋向上的精神，为的是通过"自讨苦吃"获得磨炼。有抱负的青年，大都渴望走进知名大公司，甘愿投身那种小步快跑的氛围与环境，主动接受那里的规矩、效率和拼搏向上等金牌习惯的熏陶，让自己尽早适应职场规范，从而筑牢入世根基，让自己站得高、望得远，成就职场生涯的游刃有余。当日常习惯成为行为的本能常态，便是一种无须过脑的下意识条件反射，一种烂熟于心的随机再现。

优良的习惯，足以成为一个人良性运行的人生轻轨，助力事业上的顺风顺水。美国作家查尔斯·都希格在《习惯的力量》中断言："你可以过得更好，只要你愿意去改变，哪怕只是一个很小的习惯。"有则流行于美国的友人赠言曰："言语决定行动，行动决定习惯，习惯决定性格，性格决定命运。"有鉴于此，有心人感悟：约束成就规范，规范成就习惯，习惯成就品质，品质成就优秀。

优秀从来不是偶或为之的单一行为，是积久成性、习以为常的思维与行为一以贯之的持之以恒。好习惯的成效，无论怎么评价都不为过，诚如培根所言："习惯真是一种顽强而巨大的力量，它可以主宰人的一生。"当我们把良好的习惯作为人生第二天性，就会在不知不觉中让优秀充满人生。正所谓"优秀是优秀人的通行证，平庸是平庸者的墓志铭"，说的就是人这一生成也习惯，败也习惯。

2015 年初稿
2021 年定稿

看轻自己，认清自我

英若诚有个"倚小卖小"的自省趣事：一大家子一起吃饭，饭前他突发奇想，将自己藏身到餐厅的柜子里，想等大家遍寻不到他时自己突然出现。可令他尴尬的是，大家丝毫没注意到他的缺席，直到众人酒足饭饱后离去，他才自己讪讪地走出来吃些残羹剩饭。从此，他告诫自己，千万别把自己看得太重要，否则，难免失望。老爷子以小喻大，意味深刻。

老子有言："知人者智，自知者明。"湮没于茫茫人海，一个人渺小如沧海一粟，恰似微尘一样的存在。然而在现实里，面对众人或他人，能冷静客观地摆正自己的位置，真正做到能"智"善"明"者有多少？而肯谦以微尘自知者又有几人？

知莫难于知己。人们时常引以为戒的做人两大败德：高傲，败亡之道；多言，贻害无穷。不难瞥见，人之所以有此败德之行，皆缘于自己不知天高地厚。

人们常说当局者迷。人对主观，永远为当局者，常执迷不悟，俗话说的"不知自己是吃几碗干饭的"，便是自以为是，人生致命弱点的源头。所谓人生中最难战胜的顽敌是自己，主观主义作为人生之大忌，历来是世上一大祸根。己主彼客，我们的主、客世界其实很小，而正确对待主观与客观，却又是我们生生世世的不解难题。私下里，不少人都有妄想症，认为自己的文字或发言绝属真知灼见，必将成为惊雷，结果大都终是妄想。有人觉得自己很重要，自己的事很重要，很在乎自己在别人心中的位置，其实是自作多情。想想这世上，除了亲情、友情，在外人眼中自己算得上老几？事实上，不过微尘一粒，关别人什么事。这类人之通病，该叫"主客观茫然综合症"。

孔子有句名言："爱之欲其生，恶之欲其死，既欲其生，又欲其死，是惑也。"对同一个人居然感到如此矛盾的两极心态，这种大惑只需两个字即可概括：主观。而且主观得随心所欲，不乏霸道，堪称人类缺点之最，愚蠢之极。然而这明明又是好多人甚至名人、伟人身上的常见多发的不治之症。

而真正能够青史留名的，却是那些能够躬下身来，虚怀若谷的人。苏格拉底有句名言："我唯一知道的，就是我的无知。"圣人孔子也要"吾日三省吾身"。正是因为他们看轻自己而谦以待人，又能不断充实自己，才奠定了他们在人类文明史上无人超越的地位。

有时我想，人们时常以"冷眼看世界"而自傲、自负，实则是自恃。如果肯以冷眼回看自己，是否会让自己的人生多几分冷静与清醒。就如自己写过的文章，虽历经反复修改，似已完美无缺，颇有成就感；然隔段时间换个角度再琢磨推敲一番，总觉不足，肯定会有一些不满意之处。

仰望芸芸众生，俯视一己微尘，最是佩服那些知人知己者，惯于低调寡语，在自省中不断看轻自己，看重自我修养。德行天下，胸宽路阔心自安。人贵自知，难得自重。网上有句话说得好:"人的能力,常常不是看他能蹦多高,而是看他能蹲多低。"只有善于看轻自己,才更能认清自我。

1992年初稿

2020年定稿

管理之道

知人善用之悟

一、 人性之辨

　　世间所有资源中，人力资源是第一宝贵的。治世之本在得人，管理之要在管人。纵观古今中外，无论治国还是治业，知人善用恒属首屈一指的管理智慧。然有别于其他资源，治莫难于知人。意欲在管理王国里获得自由，就需洞晓人性，以透视之力洞穿人性，亦即"管人必先懂人，用人需先知人"。管理者需通晓人性，如同泳者之熟识水性。

　　人性是什么？它抽象而具体。就个体而言，它是每个人与生俱来并伴随着成长过程逐渐形成的思想观念、感情性格、处事方式、利益考量等独有个性。人性，千人千面，百人百性，"世上没有两片叶子是相同的"。

　　关于人性的善与恶，历来不乏唇舌笔墨之争，双方各执其词数千年。儿童启蒙读物《三字经》开宗明义："人之初，性本善。"而哲学家荀子的论断则截然相反："人之性恶，其善者伪也。"其实，人性之善与恶，原本就是个难有定论的命题，任何人无不集诸多善恶品行于一身。人皆有喜怒哀乐、七情六欲，比如属善的孝悌、仁爱、友善，属恶的自私、贪婪、嫉妒，世间人人皆有，善恶互现，优劣共生，不过是时大时小、性随境迁而已。

人性的形成，取决于先天与后天两大因素，虽然先天先于后天，但后天重于先天。人的性格类型、嗜好取向、聪慧愚笨等，一般受先天影响较大，亦即主要由父母的遗传基因决定。然对于大多数人而言，相比于先天因素，其思想行为与人格的形成，更多的是在成长过程中由后天因素所决定的，如家庭熏陶、学校教育、工作环境及社会环境影响等。所有这些宏观与微观因素，对人的思想观念的形成，道德品行的塑造，智力的开发，以及生活、学习、技能的培养，都有深刻的影响，甚而有决定性作用。后天教育良好，人身上善的因素就会发扬光大而行善，反之，人若受到不良环境的影响和刺激，其恶就会被激发出来而行恶。

真实的人性有时会被面具遮掩。面具不是面容和面孔，面具可以伪装，具有虚假性。在利益与道德面前，人之先天本性与后天理性常交替主导着人的行为，若干两面性在同一人身上共存博弈，表现为有温情也有狼性，有真善美也有假恶丑，给人的印象是或厚道或厚黑，或智勇或颠顸，或强势或柔弱，当然也包括管理者最为关注的可信度、可靠性、执行力与破坏力等。

人性正反两面的交替或同时呈现，又因事、因时、因人、因环境而异。员工在品行上属诚信还是奸佞，能力上是才俊还是俗流，堪为将才还是平庸士卒，都在其日常工作中暴露无遗。人性，既有原本性，亦具可塑性，既有本性难移，又有金石可镂。所以，欲达知人善用之境地，管理者就需学会透过员工平时的点滴行为辨识其人性，练就火眼金睛，掌握对于人才的识察和驾驭之能力与技巧。唯灵活又准确地把握人性，才能在人力资源的海洋中畅游自如。

二、用人之道

知人善用，前提是爱才、识才，要善于发现人才、选拔人才。诸葛亮一贯力主"治国之道，务在举贤"。美国钢铁大王安德鲁·卡耐基，为世所公认的爱才、识才、善聚人才者，他生前曾为自己撰写过一则墓志铭："懂得把许多比自己有才能的人收集到身边者，在此长眠。"他是在含蓄地告诉世人："天下不患无臣，患无君以使之。"

用人之要在于找对做事的人，因为用人不当的代价高昂。事实证明，选准一人惠及一方，比如，委任一位优秀的班主任，可以带好一个班级；选择一名杰出的带头人，就能带动一个企业朝气蓬勃发展向上，带领一个贫困村走上致富路。管理者的爱才、惜才以及用心选才，不仅是其用人的前提，还是其职责所在与能力的体现。

自古人们就崇尚知人善用的将帅之才，感叹并遗憾着"三军易得，一将难求"。而精通识才之道，正是将帅伯乐才能的集中表现。纵观卓有成就的古代帝王和现代企业家，无一不是爱才如命、敬才如师、视才如宝、求贤若渴者。爱才的刘邦靠汉初三杰——韩信、张良、萧何，得以击败远比自己强大的楚霸王项羽，成就大汉基业。刘备"三顾茅庐"，也是妇孺皆知的重才如师的传世佳话。无产阶级革命家周恩来，更是谦逊待人、为国爱才、为国聚才的典范，一直为世人所称赞。

慧眼识人，是优秀管理者当有的领导素质与才干。历史上，姜子牙、曹操、刘伯温在识才驭人方面都有独到建树。曾国藩的知人之道有四："广收、慎用、勤教、严绳。"诸葛亮的识人七法至今仍被人们传为经典："一曰，问之以是非而观其志；二曰，穷之以辞辩而观其变；三曰，咨之以计谋而观其识；四曰，告之以祸难而观其勇；五曰，醉之以酒而观其性；六曰，临之以利而观其廉；七曰，期之以事而观其信。"这里所列的观察时机与目的，无一不是切实可行的严谨考察方案。他还特别冷静地告诫人们，知人之性，不可片面，不能为表面现象所迷惑："有温良而为诈者，有外恭而内欺者，有外勇而内怯者，有尽力而不忠者。"从人性的多重性角度指明了知人之道不能仅凭一时观感，需从长期实践中考察验证。当下，不少单位选用要员，时兴委托猎头公司从行业内"海淘"挖掘。如果将"猎"到的人选按曾国藩与诸葛孔明的用人之道加以排摸调查与审视考验，稳妥的概率无疑会大增。

诸葛亮将人才应具备的基本素质，按主次概括为八个字："德、才、学、识、能、忠、义、信。"当今对人才的选拔，也离不开品德、修养、学问、智能、专业、见识、诚信等综合因素。其中最重是德性，次重是才能，德看主流，才重一技。通常招聘新人时会把学历、年龄、谈吐、气质作为筛选条件，这仅为采矿式海选，大多只是表面印象或纸上谈兵，很难有实质性认知和发掘。真正意义上的知人识才，须是历经无数风口浪尖与实践磨砺的千淘万漉，非此，难以"吹尽狂沙始到金"。

三、用人者鉴

客观上德才兼备者谓之"贤"，主观上与己关系亲密者谓之

"亲"。任人唯贤，是用人的首要原则，称得上用人者的大德；任人唯亲，是用人的大忌，暴露的是用人者的狭隘心胸，甚而有结党营私、网罗帮派之嫌。是任人唯贤还是任人唯亲，取决于用人者心思的着眼处与立足点，是对用人者究竟为公还是为私的最佳考验，更是其为人、为官水平的具体体现。

史迈尔有言："好的品性不仅是社会的良心，而且是国家的原动力，因为世界主要是被德性统治。"足见德性之于社会的重要意义。德才兼备，为千古用人第一标准。先贤认为，德才俱臻谓之"圣人"，属人中精品，可遇而不可求；德胜于才谓之"君子"，虽逊于精品，但属培养使用的主体；才德俱无谓之"愚人"，属废品；才胜于德谓之"小人"，属危险品。通常认为，才有余而德缺者，虽因有才可能成事，然又常因其德损而败事，沦为国之乱臣、家之败子。据此，司马光认为，"与其得小人，不如交愚人"。与其相反，曹操则力主"唯才是举"，认为"愚人百无一用"，或曰有"老实人亡国"之虞。然而，事实证明，一旦重用了有才无德的小人，误事成本势必极高。因此，对小人只能有条件、有限制地使用，关键在于谁使唤他，谁能使唤得了。任用小人须有可驾驭小人之能人，一物降一物，否则慎用。

用人纳贤，实现人尽其才，用得其所，不仅需要有识才之慧眼，更要有容人之宏德，有用人之睿智。知人识才，才尽其用，首先要发现人的长处，还要善用其所长，能容其所短。"金无足赤，人无完人"，恰如朱元璋所言："若因其短而并弃其所长，则天下之才难矣。"尺有所短，寸有所长。"骏马能历险，力田不如牛。坚车能载重，渡河不如舟。"据其所擅长，委其所宜任，不仅能很好地发挥人才的作用，使其出色完成工作，而且对人才也是一种激励和挑战。

有统计显示，人的才能有40％是靠领导激励出来的。人尽其才是个永恒的管理课题。得人心者得天下，欧阳修坦言："善用人者，必使有材者竭其力，有识者竭其谋。"其实远不止于此，减少破坏性，调动积极性，是有效管理的原则。人的积极性得到调动与受到挫伤，从来就是一对不可分割的矛盾，很多时候调动不好就挫伤，抑或调动了这个挫伤了那个，且挫伤容易调动难。调动积极性要谨记两点：一是人们大都不患寡而患不均，二是一次调动不会一劳永逸。所以，一位称职的领导，就该是个适时、适度调动人才积极性的"永动机"。

直面人才，爱才、识才、育才、用才，勿忘以人为本，用心于属下所念、所想，不失时机地表彰、培训、交流、提携。"士为知己者死"，恒为上下互动的双赢管理之道。最有效地调动人才积极性的良方，当属一些跨国名企的长效培养及晋升机制，人才前方恒有台阶，是人才进取的不竭动力，是团队蒸蒸日上的活力所在。

"流水不腐，户枢不蠹。"一个团体的活力经久不衰，主要取决于内部人才的良性流动机制，既有利于德才兼备者向上流动，也能使德才相对欠缺者逐渐减少。管理者知人善用，让得力干将上位，同时储备新生力量作为后备补充，就不愁办事不力，不会无人可用。同时，还要知人"善弃"，对已被事实证明的错用者或落伍者，适时淘汰或给予必要的边缘化，当断则断，免生后患。大局为重，主掌者不应拘于无原则的善良或人情面子，因为这不仅是奖优罚劣的具体体现，还是对多数人积极性的保护，更是确保队伍持续向上的动力机制。

四、企业文化

上述的"知人善用"之道，主要着眼于对管理者具体的智谋类战术的探究，而任何成功的企业都离不开的则是精神层面的战略建设——企业文化。文化影响企业，企业需要文化。企业文化建设是企业的根基，任何集体的可持续发展都离不开这一战略性长效机制的推动。有人总结，一年企业靠机遇，十年企业靠管理，百年企业靠文化。有权威的群体管理战略研究将眼光聚焦于企业文化，认为：百年大计，风气领先。家有家风，校有校风，对于企业则是"企业文化"。广义的企业文化是企业物质文化、制度文化、精神文化的总和；狭义的企业文化是员工意识上的团队精神，是企业长期形成的员工自觉行为。具体表现为老板不在时，员工的自我驱动力与自觉性。这是一种文治与教化产生的令人敬畏的精神财富，是企业独有的丰富而强大的无形资产，是着眼于百年大计的战略布局。

成功的企业文化，是一种集体认可的凝聚力、同化力、促进力和约束力，它不单靠规章制度强制约束，而是"随风潜入夜，润物细无声"。其所形成的风气，足以让好事频现，让好人辈出，让坏人无处藏身，让坏事难以立足。成功的企业文化是一种优良的育人环境，对内具有提高员工综合素质、激励员工奋发向上的巨大精神力量，对外可以提升企业形象，提高企业竞争力。成功的企业文化是企业的精神支柱与灵魂，是员工的共同信念与追求，是企业的价值理念和战略目标。

打造企业文化，靠的是长期推行的规范化与科学化管理，靠的是合理完善的制度体系，靠的是严格实施的规范考核机制及一丝不苟的执行措施，更需要无微不至的足以令人满心叹服的人文关怀，绝非一事一日之功。必须指出，企业文化的形成，与群体灵魂人物的人格魅力和领导能力密切相关，恰如好的家风总与备受家人尊崇的一家之长的言行举止、为人做派密不可分一样。

1987 年 5 月初稿

1996 年 6 月修订

"替身"有术

彪炳史册的晚清第一汉臣曾国藩，一生文武双全，玩转天下，誉满朝野，家风流芳百世。在他看来，自己成功的秘诀只在"替身"有术，公开宣称："办大事者，以多选替手为第一义。"因为"替身"，让他一直有充沛的精力和大把的时间。作为普通管理者，如果常陷事物堆里，感觉手忙脚乱，思路掰扯不清，与其苦恼、抱怨，何妨探究一下曾老的"替身"秘诀。

老一辈人的童年记忆里多有个熟悉的画面，乡间稻谷田里高耸着一个"鹤立鸡群"的风铃稻草人，伊煞有介事，不避风雨，不舍昼夜，傲视群鸟，执着于看谷守稻。这就是农民伯伯老早就发明的替身。至于风靡当代的各类无人驾驶、智能机器人等高科技替身，拥有十八般武艺，远非凡人肉身所能及，与孙大圣拔撮毫毛的分身术有异曲同工之妙。探询它们的思路源头，无外"替身"之术。

当今各类惊险动作片的拍摄现场，遇有特技惊险镜头，导演惯用的救场灵丹无非是抛金撒银网罗替身。早在20世纪90年代，香港便出现了一个极具规模的家务替身帮——菲佣群体。旗舰企业麾下的店铺连锁、各类牛气冲天公司的跨国孵化，也属替身变异的花样翻新。这就叫：三头六臂梦中境，分身有术靠替身。

除却上述这些表面形式，本质上的"替身"之术是在管理上的善假于物、假手于人，是凭借超人的智慧与魄力玩出的立世学问，是种效益为上的人力资源杠杆，足以让智者轻松完成自己心之所愿，人称"四两拨千斤"。其实早在两千年前，大思想家韩非就对"替身"之要义有过精辟的论述："下君尽己之能，中君尽人之力，上君尽人之智。"那些习惯于尽人之能、之智者，恰为曾老所谓办大事者也。

当今广义的替身，是老板属下的层级系列，即辖管团队；狭义的替身，是贴身帮办，是专用助理。现实中的替身，可以是单一事务的替代帮衬，可以是术有专长的委任特聘，更多意义上是志同道合的联手互补，既使主事者对大事要项有足够的时空拓展思维，又给属下分管事物留有展示自我的余地，这是一种团队分工与相互合作。

"替身"有术，主事者与替身，主次从来泾渭分明。首先，任何受命替办事项成败之责始终必须由被替主管承担。所以，正经八百的替身，绝不是随意委派，更非一推了之那么简单。是故，理想的替身应是用心选择调教的心领神会的默契者，事中无须跟踪，事后无须兜底乃至擦屁股，其对老板意图始终了然于胸，善于独当一面，绝不惹是生非，无须牵肠挂肚。替身团队可以仅有一人，亦可多达数十上百人，不过现代管理权威提醒大家，上司的有效替身一般以五六人为宜，多了难免夹生，甚至玩不转。须知替身可助力亦可生乱。此种意义上的替身，显然不是简单的"一个好汉三个帮"，更要有心管理架构体系中的有效整体布局。

善用替身，替身有术，是精于管理艺术的大家风范，是有识于尺有所短、寸有所长,三军易得、一将难求的人才遴选技巧。替身是门艺术,是种洞察世态、透析人性、漫步纷繁、敢为时代驭手的淡定从容。替身艺术,并非信手拈来轻易可为,更非谁都可随意将替身玩出水平。意欲在替身王国里从必然步入自由,不仅要有非凡的管理意识与修养,更要有驾驭管理的超级智慧与人际权威。

有人白日忙、黑夜忙,终日忙得不可开交,累个半死不活,那多半是不会玩,压根儿就不明白天下还有替身一说。还有事无巨细、事必躬亲者,好像极亲民,似乎很辛苦,其实那是不识轻重,不辨层次,不知替身诀窍,不明替身哲理。更有看似忒认真、很敬业者,却时常抓了芝麻丢了西瓜,精力没用在点子上。管理中的首脑,最不该忘掉的当属替身有术,若事事只待自己认真,那真就"乏真可认"了。也有人惯于包打天下,大权独揽,目中无人,"唯我独善",凡事都要"定于一尊";还有人常指手画脚,本该替身自理的事也去瞎掺和,以其昏昏使人昭昭,这都是不懂替身学真谛。更有人好当甩手掌柜,愣装大爷,善触"管而不理"之主管大忌,此乃误入以替身为万能的极端。凡此种种,均为不解替身之要义、不会巧用替身艺术之人,本质上是缺少分工合作之理念、运筹帷幄之水平与宽宏包容之雅量。

替身有术亦有效,然若心术不端,贪图清闲,难免贻害致祸。美国人那里有种助理职务,不知何时照搬到咱这,出现了各类长助、局助、经理助、院助、校助,还有代理、常务、秘书、帮办等。这一干名目不一的助理、帮办,名义上均属替身系列。岂料这一替,替出了庞大的管理群,让公司行政部门膨胀了不知多少倍,更替出了形式主义、官僚作风。

凡事都有两面性,有德之人善借替身成就事业,造福一方;

缺德之徒也常挟替身为恶行帮凶，祸国殃民。当今的社会中各类反派替身，早已花样纷呈。混迹于考场的"枪手"帮，不就是在考官眼皮底下明火执仗的一群替考小子吗？非法传销得以猖獗，有何绝招儿？广揽替身是也。他们千方百计、绞尽脑汁、不择手段攀近亲、缠故交，跟谁最铁、谁疏于戒备肯定就是他们的首选。层层替身密密网，无非是替层层掌门充当敛金刮银的冤大头。黑社会老大更善玩，涉毒、涉诈的帮凶替身一连串，单线联系，遥控指挥，玩得警察时常皱眉。就连乞丐帮主们也靠塑造替身小子当街敛钱。更有人醉酒开车上路，肇事致人死亡后，让他人顶包替罪入狱。此类触及法律禁区的替身，到头来丑事败露，搬起石头砸自己脚，觅羊替罪落得罪加一等。

归根结底，替身有术之所以称得上处世艺术、超凡学问，概因其总能为主事者展臂助力，收获事半功倍之成效，是前贤不可多得的智慧结晶。然替身之术倘运用不当，或成心刻意正术歪用，其为害程度也将远超预期。

1996 年 5 月初稿
2016 年 8 月定稿

管理真谛莫过爱

从学生时代的干部经历到工作实践的用人体验,让我反复印证了一个亘古不变的管理真经:得民心者得天下。智慧的管理者,无不洞彻"顺民心,合民意"是民心管理的思想核心,深悟注重关爱体贴和善于调动激励乃人性化管理的真谛。

我踏上社会的第一份工作,就是担任新建的青岛市北绘图室的"小头头"。在全员五人的小小绘图室中,我是唯一的男性且年龄稍长,加上在大学期间专修过画法几何与工程制图,所以被理所当然地指定为四个小姑娘的带头人。那时正值"三年困难时期",绘图室以服务厂企的设计、绘图、描图、晒图为业,专职给市北干校赚钱谋福利。我凭借十几年学生干部经验的"老到",面对天真无邪的四个小姑娘,努力以高姿态定位自己。除了身份上的男子汉、老大哥,就是工作上的身先士卒和埋头苦干,以及对女性的尊重与呵护。于是,五人一条心的合力很快显现。绘图室内团结友爱的氛围炽热,大家同心协力,不分彼此,积极主动,对工作一丝不苟,凝心聚力,确保服务质量和信誉,因此各项绘图业务源源不断、应接不暇。这小试牛刀的管理尝试,激发起绘图室工作局面的热火朝天,成效显而易见:一边是起早贪黑，五人顶十几人的工作效率，大家整日繁忙有序；一边是干校国拨经费外的"小金库"财源滚滚。

之后，因为钱赚多了，诱发了上下里外的"红眼病"，市北区教育局不得不紧急叫停这个号称"摇钱树"的市北绘图室，将其全盘转到了同属区教育局管辖的民办青岛市北中学，并很快成为该校办学经费的主要来源。在前后三年多时间里，绘图室累计盈利达30余万元。我坚持多劳多得，将这些刚刚高中毕业的小姑娘月收入由原先入职时的22元提升到60多元，远高于当时的本科毕业生。记忆中的绘图室，永远被一片欣欣向荣、彼此关爱的和谐祥云包围，工作高效。姑娘们一天到晚喜笑颜开，轮到谁晒图，都是屋里室外连蹦带跳一路小跑。

及至民办中学的办学经费完全由政府财政托底后，绘图室收摊关门，我和几个姑娘一起转岗教学。因为我有工程绘图的一技之长，之后更多时间是以教师的身份到校办工厂去承担技术和管理工作。

当时的市北中学校办工厂，是个既无产品又无稳定业务的手工作坊，盈利微乎其微。时值"文革"时期，创办市北中学的老校长被"贬"到校办工厂。出于对我在绘图室工作的了解，他一到工厂，我立即受到信任，成为老校长的得力助手。在老校长的带领下，凝聚核心骨干，团结全厂力量，苦干加巧干，屡屡创造出几乎不可能的生产奇迹。历经十几年创业和发展，我们白手起家，自建了两千平米厂房，改造和购置了各种设备，开发出四种上市产品，将工厂逐渐发展成为省、市明星校办企业，产值不断蹿升，连续多年盈利超百万。

"文革"结束后，老校长被落实政策担任市北区副区长，我接任了工厂厂长职务，不久又兼任了学校副校长。有次校办工厂财务年度审计，审计组长好奇地问我："就这民工加外聘退休人员一共六十几名职工的半手工操作，连年利润超百万，这奇迹咋能屡屡实现？"我不假思索地顺口答道："身先士卒，骨干过硬，成就凝心聚力的工作氛围，是管理的至高境界！"在一次山东省校办企业年会上，厂长们让我掏心窝子吐真经，我实话实说："你给员工一分爱心，员工对工作会尽十分努力。说到家，管理真谛莫过爱！"

在有限的执教生涯中，我对管理学生更有深刻体会：真爱是最宝贵的师德，更是种无形力量。我第一次担任班主任，是在民办市北中学六八届初一年级五班，50名来自全市的小升初落榜生，学习上没有好习惯，纪律上不受约束，完全是一盘散沙。二十来岁的我真心认定，顽皮随性是十二三岁孩子的天性，为师的职责就是以爱心加以引领，促使他们养成自我约束的好习惯。我诚心实意地把学生当作自己的弟弟妹妹，白天除了上课，尽可能花更多的时间与他们泡在一起摸爬滚打。晚上和周日去家访，远到四方、沧口，把工作做到家长心里，让在小学曾屡屡被边缘化的孩子感受到从未有过的挚爱与温暖。一个学期下来，班集体开始抱团，课堂上纪律严明，课外队伍整齐。同学之间相互督促、彼此提醒的自我管理机制逐渐形成，爱学习、爱劳动、关心集体、互帮互助蔚然成风。不到一年，初一年级五班就成为整个年级八个班的先锋。

1970年春季开学，我被指定中途接手一个没人待见的极差班，担任七一届初二年级七班的班主任。这些在"文革"中入学的孩子，之前乱得不像样子——上课铃声响过很久，还有学生趴在廊道扶手上。勉强进了教室，不是东歪西扭，就是坐在桌子上又吵又闹。上面老师大声喊，下面学生一窝蜂。课外集合站队，松松垮垮不成队形。任课老师遇到上七班的课，没有不打怵的。这些散漫惯了的"熊孩子"，谁说破嘴都没用，你硬他们更硬。我接手后，从调皮学生中的"孩子王"入手，频频家访，促膝谈心，耐心引导，循循善诱，用"戴高帽""压责任"的激将法慢慢调动。如此反反复复，以爱心感化一个个学生。到了学期末，曾经的乱班开始走上正轨。在秋季校运会上，生龙活虎的初三年级七班，不仅夺得了初三年级10个班14项冠军中的13项，而且获得了全校唯一的"纪律风格奖"。分工主管思想品德教育的校长惊奇地问我："这还是那个乱得不可收拾的七班吗？敢问这半年阁下有何高招？"我发自内心地感慨道："教师的职责本就是爱，即使是顽皮的学生，对老师的诚心挚爱也绝对没有抵抗力。"

进入20世纪90年代，我由副转正担任校长职务。直面学校的生存立足、发展竞争和百余名教职员工生存等一大摊子事。我首先想到的是"为官一任，造福一方"，我坚信，只要赢得民心，再困难的局面也不是问题。

当时，最棘手的是教师职称评定和员工分房两大难题。面对广大教工的切身利益和迫切需求，我并没有简单地以"僧多粥少"为自己开脱，而是立足员工实际，千方百计，竭尽全力，争取扩大份额，尽可能多地满足大家需求。1993年首次教师职称评定，几经跑断腿、磨破嘴般的努力，我把本校分得的高职名额，从起初的9名争取提高到了20多名，让一批即将退休的老教师如愿以偿地晋升高职，并为中青年教师的日后职称晋升预留出空间。

在教工分房环节，当时政府出台了"调动上下两个积极性"的政策，让市财政、教育部门和学校三方合力筹资共同启动"解困房"行动。我不失时机地动用"血本"，以校办工厂积蓄多年的资金分几次为学校购进了大批房源,实现了全校员工居有定所的愿望,我所领导的中学成为全市教工住房面积唯一达标的学校,并为之后引进新员工腾出一批机动用房。

20世纪90年代末,校办工厂陆续退出历史舞台。鉴于工人对学校发展曾做出过巨大奉献,出于对校办工厂职工的关爱,我抢先一步,以学校的迅猛发展急需扩编为由,将工厂二十几名正式员工分批转成教育事业编,既让他们不下岗,保住了工作机会,又稳住了其事业编的退休待遇。

回顾我先后同学生、工人、教职员工相处40年的心路历程,虽说工作岗位性质不同,但我一惯极尽关爱之心,包括对待农民工和外聘退休职工,从而不断收获"上下一心,其利断金"的管理实效。我先是跟随老校长带领工人把一个手工作坊改造成了连年盈利超百万的省、市明星校办企业,随后又团结广大教工将一个起步于民办的中学发展成红红火火的青岛艺术学校。

事实证明,我所努力付出的爱心,收获的都是满满爱意的成果,有了大家彼此的心相连、爱相伴,真爱始终是我与大家的连心锁。至今,我退休虽已20余年,屡屡的重逢相聚中,再现的永远是曾经同事间的难舍情分,难忘的是当年共同创业一起奋斗的美好记忆。

2020年初稿
2022年定稿

图 4-1　1989 年被评为山东省优秀教育工作者

家庭准一员

一

保姆,又称家政人员,俗称居家或上门阿姨,泛指受雇入户司理家务的女同胞。作为走进千家万户的贴心帮手,堪称家庭准一员。

保姆自古有之,历史上称侍者、佣人、丫鬟、老妈子,不一而足。在过去,保姆低人一等。古今文艺作品中都有对她们的记载,如《西厢记》中的红娘,《红楼梦》中袭人、晴雯等众多丫鬟及一干婆子、嬷嬷,巴金笔下的鸣凤,曹禺刻画的四凤……均属备受歧视的下人,大多数难有独立人格。现代的保姆早已摆脱了封建社会中与主人的人身依附关系,地位显著提高,在人格上与雇主渐趋平等,乃至成为朋友,如宋庆龄与保姆李燕娥、赵丽蓉与保姆张雅静等,他们的感人故事不断被媒体传颂。当代影视剧《保姆日记》《田教授家的二十八个保姆》,也曾数度热播。作为现今家庭准一员,保姆的故事常被人们津津乐道,不时流传于坊间。繁忙的现实生活和精细的社会分工,让越来越多的保姆走进有需要的家庭。这都说明,保姆作为现代社会不可或缺的成员，正日益受到人们的肯定和尊重。

保姆的存在，为许多家庭解决了后顾之忧。一个家庭若处非常时期，如家有耄耋老或婴幼小，尤其是家庭成员中有体弱多病、自理困难的情况，会让一家人的生活不再安稳，甚而乱成一团。如果有个称心的保姆，就可助力缓解家庭此类窘况。即使仅仅因为繁忙而聘个保姆，不仅可让忙乱的家庭节奏趋于舒缓，还可使家人从家务乱摊中抽身，各自去忙自己擅长或更该做的要事，亦不失为明智选择。近几年，随着人们观念的改变和家政行业的发展，很多家庭对保姆也渐从排斥到认可，到接纳。环顾周边，作为家务替身的保姆，似乎早已成为很多家庭不可或缺的一员。

在社会主义市场经济的当今，保姆作为一种职业，用自己的辛勤劳动向有需要的人家提供家政服务，换取雇主的佣金，不存在什么剥削与压迫，更没有什么人格的尊卑贵贱之分。供求交易中，主、雇双方完全平等自愿，价格、条件相互透明，各自阳光相向，雇主在选人，受雇方在择主，谁也不会勉强谁。成交之后和谐相处，来去自由，用得来就用，干不了就撤。试用期满，或双方相处一段时间感觉不合适，适时更换调整，已成业内常态。相处和谐的，合同期内为主雇关系，离开后还可以是曾经协作的朋友。

改革开放以来，家政行业供需日渐火热，由此催生的家政中介机构成为一种热门的民生服务行业，跨省家政连锁公司、家政网站等，举目尽是。相对于中小城市，北、上、广、深的家政中介市场更具规模，日趋成熟、规范。报载，上海已在推广家政行业的准员工制。多年来，家政市场为城市下岗女工、农村进城妇女提供了大量就业岗位。现如今，普通保姆的月薪已接近公务员，高档月嫂、"一对一"上门家教的月薪更是上万。有不差钱的诱惑，就有超级到位的服务，家政服务甚至一度成为某些大学生的谋职热选。供求两旺的家政行业已渐趋成熟，其市场化求职与招聘方式、人员自由流动及日臻规范的管理，已成常态。

二

雇主聘用保姆，家里空降个局外人，横竖总会有不习惯、不得劲、不放心、没必要等排斥心理。欲用又疑，肯定难以用好。故而，雇主有必要先搞定自己，厘清雇用需求的利弊得失，理顺自家的心态。同时，为避免"七口当家八口主事"，家中人最好内定一人为"主雇"，免得让"外来人"无所适从。

选聘保姆如同单位招工，是件颇费思量的活。要求、条件需想明白，面试、目测需有眼力，考察、了解需动心计，比较、遴选需要耐心。定位应客观，不宜盲目求全。保姆大多来自社会底层，局限于成长环境、经历见识、文化修养等诸多因素，难免有不尽如人意之处。因此，选用保姆切忌苛求完美。在选用考虑的诸多因素中，诚实纯朴、温和善良应为首要考虑因素，其次要看文化素养、悟性与机灵程度等。相对而言，面对个性粗放张扬、与人交流不畅、衣着修饰邋遢、文化水平过低者，就需谨慎。当然，短暂接触交谈仅为初步印象，准确些的判断还需在试用中考察。况且，出于商业目的，中介推荐与保姆的自我介绍，有时难免会掺有水分。

用人管理的目的，在于规范引导向上、向善，让惰性、任性等人的劣根性受到限制，使用保姆亦然。启用替身，意在为你省时省力，然雇主的管理之心断不可省，更忌误入"用而不管，管而不理"的误区。来自雇主的宽严并重、张弛有度、亲疏得体、期望中不忘理解与呵护，为用好保姆之要义。保姆称得上朝夕相处的身边人，对其管理既需刚性要求，更宜柔性关怀。相关要求、定规立矩宜在先，双方责权应摊在明处，进门时就讲清楚，亦不妨立据约法三章，过程中再适时交流略做调整，于跟踪中提醒强化，此乃刚性。在此基础上再施以柔性，比如说话和气，不居高临下，适时与保姆进行思想交流、感情沟通，适当关心其生活，必要时帮助其纾困解难。总之，多些设身处地的人性化关爱，把对方当成自家人或朋友，相信大多数保姆会心怀感激，真心回报。

为雇主者无不希望保姆称心、稳定。这除了保姆自身的态度外，还要看雇主用人的心态与调教的艺术。然而，被雇用者，本该自觉却难免不自觉是常态；理想的保姆品性，乃雇主首选却可遇不可求。用好一位保姆，除了选聘用心，主要靠相互磨合、沟通，以及善于以人为本的情感调动。现实中，少有进门就完全顺眼、上手就十分称心的保姆。即使是接受过正规培训或多年从事家政工作的熟手，也很难万能到立马适应每一个家庭。使用保姆欲让自己满意，全在适当引导示范，循循善诱。交流、指导中，少些"主子"的盛气凌人、颐指气使，事先多帮忙打算，事后慎焦躁、少埋怨。有时，于雇主仅为举手之劳或一句提醒，就可能帮保姆跨过一道坎儿。如若只是冷眼以待，甚至鸡蛋里挑骨头，刚进门的保姆大都难以融入和留下。从实际出发，保姆的觅与留，无外三条：待遇留人，条件留人，情感留人。

有雇主拿捏不准，在家中保姆的身份该如何定位，此事难有定式。她可以是家庭这个"公司"的员工——家庭准成员，也可以将其视为帮理家务的亲友。这其实取决于雇主和保姆各自的主客观定位，你想要她怎样，她希望你怎样，不妨直来直去，在实践中坦率地探讨，慢慢顺其自然。在用人的刚柔相济之间，应不忘那个基本原则——平等相待，套用句俗语："在人上，别拿他人不当人；在人下，别拿自己不当人。"前者是人品，后者为人格，涵养尽在其中。

成功的企业，老板不在时员工仍能保持自觉状态。此理四海皆准，大同小异，家中保姆亦然。至于双方具体的关系处理及融洽程度，难免千家百样，各有各的模式，是一个在双方相处中慢慢形成的类似缘份的微妙关系。居家保姆，如经过一段时间观察，感觉其可以成为自己的生活管家，欲让其全面照顾好家务，就要主动亲近，拿她不当外人，当家人，同吃住，共欢乐，让其有可能把雇主当成自家亲人，直至心甘情愿地把家政服务当成干自家良心活儿。就如宋庆龄一直把保姆李燕娥视为贴身"至亲"、闺蜜，同吃住，共患难，同舟共济，和谐相处，直至百年后遵宋遗嘱两人共葬一处。由此可见，主雇定位权全由雇主把握。

在不愿或怵于聘用保姆的若干说辞中，有个心照不宣的理由，就是将家里的钱与物交给外人放心不下。其实，个别保姆买菜揩油早成惯例，这是个主人心底难解的结，在杨绛对早年的回忆里就有这类八卦。杨绛自认"当家不精明"，只好睁只眼闭只眼地默认。再将视野展扩一点，就连历史上的朝廷大总管，也无一例外地大揩皇家油，被公认为天下大小管家之"楷模"，皇帝老子也拿他没辙，何况凡人？又是那句话，人生处世，大事当聪明，小事宜糊涂，糊涂的成本不妨权作小费。有些精明的雇主，为避免让保姆采购引起双方的猜忌和不快，常有两种选择。一是一日三餐的筹划与采购由雇主包揽，保姆只管干活。此法虽然主人放心，但却有费神劳力之烦，且需家中有能担当此任者。有鉴于此，现今雇主大多采取第二种办法，即由保姆负责日常采购，选择固定超市刷卡消费，凭小票对账。此法既让主人省心，又会两无猜忌。

十个指头有长短。有的保姆时间长了会拿自己不当外人，出现油滑、慵懒等现象，是用工常态。有经验的雇主常感慨：保姆终归是保姆。所以，有的保姆使用一年、两年，感觉不满意可适时调换。尤其对个别品性不佳的，一旦发觉，当换即换，免生后患。这些都不足为怪，可就事论事，既不以偏概全，也不因噎废食。市场压根儿就不完美，潜心驾驭是常态。

三

2004年迄今，我的两位千金的家，加上我的"大本营"老窝，共计三处，先后连续聘用保姆多达20位，其月薪也随行就市，由当年的几百元变为当下的数千元。这些保姆，大多由我领进门并试用考察，眼下仍有两名在岗。与这些保姆交往相处，短的半月，长的数年，试用期内调换的情况也不稀罕。虽个中冷热酸甜五味杂陈，但留在我内心的还是不尽感激。若没有她们，面对忙乱岁月里的几个家，会让我"天伦之累"成啥样？而我如今是否还能做到老不服朽，真就难说了。是故，我心底唯余祝福：感恩天下保姆，愿伊一生平安。

有次，女儿刚出国，扔下的八个月大的外孙女突患感冒，白天去医院挂吊瓶，晚上回家再发高烧，连续三天不见好转，全靠一位保姆阿姨昼夜细心照护，并将检查、用药、体温等详尽记录在案。第四天，凭着这份记录，会诊医生很快得出了败血症的诊断，调整治疗方案，外孙女的病情立刻得到控制。大夫盛赞护理记录为诊断提供了可靠依据。结果孩子好了，阿姨却因连续劳累病倒了。然而世事并非尽然，还是这个外孙女，三岁时由另一个阿姨看护，有一次感染痢疾，折腾了大半宿，阿姨没能休息好。第二天一早，阿姨就借故甩手走人了。直弄得我措手不及，只好求助于同事，一面忙着为孩子跑医院，一面为另寻保姆再奔波。

屈指算来逾十载，让我有机会走近保姆和她们的身后。她们虽有各自的不足，但大都敦厚善良，身世坎坷，有着太多的不易。尽管当今观念有变，但毕竟是世人心目中曾经的"下人"，我们不妨设身处地想想，非不得已，谁会轻易放下身段、舍弃自家去为别人家服务？其中难免有"卖盐的，喝淡汤。当奶妈的卖儿郎"之人。她们中，绝不乏单身、单亲者，或为夫妻已在僵持中的准单身，背景里有"情况"的自不少见。她们同样是有血、有肉、有情义的正常人，撇老舍小，远离家乡，时不时会为亲情乡愁满心纠结，为孤独无望所困扰。

显然，孤身在外的她们，较常人更需要人性化关怀，否则极易心浮气躁。混熟了，她们有时也会主动掏心窝。有位保姆说，为与老公分居，她已独自外出数年，每次回家，都把孩子带到娘家相聚。只待孩子稍大，就决心把孩子从老公身边带走，彻底分手。还有位准儿科护士，面对年满五十终日退养在家的日子，老公对她不是拌嘴就是冷暴力，出来打工，纯为图个清闲。在雇主这里，除了干活挣钱，她们都热望有个尚算暂可栖身的"家"。

保姆所担家务，除洗衣清洁外，重点是做饭。百家饭菜千般味，各有所好，众口难调。一般对保姆的满意度，主要看她饭菜料理本事，而这在很大程度上取决于雇主的用心与耐心配合。在刚进家门的一两周内，雇主不该完全撒手，宜细心观察、点拨、示范，协助调整，这既可使大多的初始难点得以化解，也可顺便做好去与留的细致考察。自然，雇主少些先入为主，会更利于她们主观能动性的发挥。比如列入我家传统菜系的麻婆豆腐，备料时加入花椒与盐的焯水工序，会让菜品入味更可口；又如水汆或油炸肉丸子，如将肉末里搅入嫩豆腐，丸子会特别鲜嫩；再如作为调料的葱与蒜，有生熟两用各不同的时机与口味；等等。这些，都得益于阿姨的师传，逐渐积累，成为我家保留的料理工艺，并不断传承。概因如此，从我家走出去的阿姨，在家常饭菜厨艺方面，大都颇有成就感，也成为她们之后敬业、乐业、安心工作的底气。她们中的不少人多年后依然主动与我保持着联系，有的逢年过节还会抽空赶来帮我料理家务。

这些年，那么多保姆与我家和谐相处，来去自如，有朋友好奇地问及秘籍。在对保姆选聘、使用与期望值的合理定位方面，我给出摆正雇主心态三点建议：

第一，标准适中。选保姆不要怕麻烦，不中意就换，品性问题绝不迁就。

第二，和谐相处。为了后期省心，保姆试用期要上心。想让保姆替你操心，你需对她关心，以心换心。雇主开明，保姆开心。

第三，宽容为怀。保姆，有的会因情绪、身体、年龄及家境变迁等因素，于打工中途出现变故，本属人之常情，世事常态。原定的承诺、期限，有时难望一成不变和一劳永逸。要适当放手，适时调整，不必大惊小怪，有心的雇主会随时善握主动权。

冷静审视聘用保姆一事，窃以为宜立足开放的时代，与时俱进，敞开胸怀，以拥抱市场的心态，摒弃传统市井的狭隘。为讲求生活质量，或有条件的居家养老，与保姆、护工的交往会是迟早的事，完全不必死守清高活受罪。为自己亦为儿女计，宜未雨绸缪。初始，可以从钟点工用起，以便在与保姆的接触沟通上，做由浅入深的适当尝试。

2012 年 10 月初稿

2017 年 12 月定稿

金钱之道

话说金钱

一

有关金钱的是非曲直及对金钱褒贬不一的口舌之争,是部自金钱诞生时起的人间糊涂史。有人佯装超脱,满不在乎,甚而嗤之以鼻,而实际上关于金钱的好,绝对没人能真心否认。在当今以金钱为价值标准的文化中,世间一切变得"价值金钱化"。正如巴尔扎克所言,地球几乎变成"一部金钱开动的机器"了,大有就连精神世界也被金钱莫名绑架之势。

最直接的体现是人们对赚钱的态度。古今中外,满世界的人天天都在忙,主观上是为生计而忙,客观上也为社会发展做出了贡献,但归根结底都是为赚钱而忙,正所谓"时间就是金钱,效率就是生命"。人们忙时拼命赚钱,拿命换钱,玩命划拉钱;闲时也在想着钱,算计钱,谋划钱。没人能否认,人们大多时候不是在为钱忙碌,就是在为钱赶路。也有人喜欢上纲上线,装那份清高,卖片儿汤,挖苦这是掉进钱眼儿里了。可现实的国计民生,分明是大"钱"世界。大到国家间的实力比拼、GDP 竞赛,小到个人的胼手胝足、呕心沥血,无不是在为钱而奋争。豪门如亿万富翁家财万贯，贫困若贩夫走卒家徒四壁，心中念念不忘的，都是如何能挣得多点再多点，让钱袋子鼓些再鼓些。此可谓人世常态，本就无可厚非。若非如此，不是不食人间烟火的庙台神圣，就是口含金钥匙出生的天生富贵命。

　　钱是什么？钱，尊称金钱，俗称钞票，学名货币是也。金钱是人类社会一般等价物的代表，是人们对物质世界占有和控制能力的量化表现。德国学者西美尔说：由野蛮抢掠到文明交流的过渡转换，是整个人类趋向文明最具决定意义的大事。它使得诸如"平等""自由"这样的理念似乎离我们近在咫尺。毫无疑义，这个进步是由金钱经济推动的。货币作为常见的价值载体，让交换普遍化、日常化，就自然地让世间跃升到"价值金钱化"。金钱的概念由具体到抽象的模糊不可避免，然而金钱的好又真真切切得毋庸置疑。

二

　　必须承认，古往今来，人们打心底里认同，金钱是世界上最可靠的物质基础和精神支柱，是踏踏实实的立世底气。现实告诉人们，金钱是门票，是通行证，是保持自由和尊严的工具，是无处不在的安身伙伴，是须臾不可或缺的立命保障。"钱在口袋里，我们是自由的。"财富自由，是天下无人不在期盼、追逐的梦想。说到底，人之爱钱是份再现实不过的"刚需"，人没钱就如弓没箭、枪没弹。"有钱走遍天下，无钱寸步难行。"没有钱，就连基本生存都成问题，何谈美好愿望。那些口口声声说不爱钱的主，分明是口是心非，不是因贪财伤得不轻而牢骚恼怒,就是无聊的虚伪。有首打油诗《话说金钱》气壮山河:"威震八面一雄兵,战力非凡人皆明。闯遍天下无敌手,此君誉称孔方兄。"

叩问金钱的前世今生可以发现,它经历了从初生到成熟的逐渐完善的过程,其展现形式也随着人类社会经济发展在不断演变。最早的钱,如贝壳、珍稀羽毛、宝石等,已具备了货币的量化、支付、流通和储藏四大功能。相比于原始市场以物易物的交换模式,这些早期货币在为人们提供便利的同时,促使物品瞬间华丽转身为商品,使传统的流转产生了质的飞跃。让钱扮演交易媒介这神奇角色,无疑是人类历史上最伟大的发明。后来货币的形式曾有过较稳定的贵金属,如金、银,以后又渐次出现了铸币、纸币,如始自商周的铜币和起始于宋代的纸币(交子),它们更加便于流通,但金与银的货币属性一直存在,所以人们把当今广泛流通的纸币仍习惯性地称为金钱、银钞。

到了近现代,为了适应国际化及人际交往活跃度空前高涨的客观需求,由国家印发的纸币成为货币的主要形式。曾经,各国印刷和发行纸币,是以国家的黄金储备作为信用保障的。1944年,以西方国家为代表的44国在美国召开布雷顿森林会议,达成了各国纸币与本国黄金储备挂钩的协议。然而,由于实施中的各自为政,发行的纸币不时有过量之弊。举个极端的例子,1948年国民党节节败退,在其统治区滥发纸币"金圆券",造成数百万倍的通货膨胀,成为世界金融史上的顶级丑闻。至1971年,就连最坚挺的美元也始现与黄金脱钩的危机,几乎连年贬值,只是贬值的幅度相对小些。因此,在当今世界,一个国家纸币的通用价值及其坚挺程度,已经成为判断这个国家政治、经济、社会稳定乃至政府信誉度的重要标志。

三

再问手中钱的来路。天下人凭本事赚钱，传统上无外乎三条正道：一是干活、打工赚钱。这部分人主要是个体劳动者和蓝领、白领，包括少量打工皇帝级金领，是大众的主体。他们赚钱首先用于养家糊口、维持生计，而后力求日积月累、渐次爬坡攀富。二是雇人赚钱。他们可能是两三人搭伙，抑或是当今遍地的老板，冠以经理、总裁、董事长等大小头衔者。三是拿钱赚钱。股份公司的董事、各类金融投资者以及大小股民，皆属此类。自然，也不乏跨行业、多途径兼而赚之者。此外，还有以盗卖、倒卖物资，靠偷抢拐骗、贪污受贿等歪门邪道捞钱者，无须赘言。

早在19世纪，著名作家左拉就有本名著《金钱》，今人卫炼也写了本《赚钱的门道》，都向人们展示了赚钱与花钱的路数和故事。社会进入现代，赚钱的门道多得今非昔比，诸如自媒体、中介、猎头等，不胜枚举。浸淫于钱海沙龙、富豪大咖圈中，阔佬们的话题三句不离钱，即使是在调侃中、笑闹里，也多生财之道，满满赚钱门路。一度名扬商圈的"湖畔大学"，人称"钱圈"，实乃圈钱拓路之"学府"也。事实证明，人的赚钱凭本事，既需智商更需情商，后者是前者不可多得的放大镜。然而，现实世界一般人赚钱并不易，搞不好就"蚀把米"。所以民间流传着这样两句调侃："你不理财，财不理你"，"你不理财，财不离你"。一字之差，前诱惑，后警醒："没有金刚钻，别揽瓷器活！"

人们感叹赚钱之艰难，时常用一句粗话自我宽慰："钱难挣，屎难吃！"

四

那么，我们该如何看待金钱？此即眼下时髦的热门词——"金钱观"。《茶花女》中"金钱是好仆人、坏主人"这句名言，高度概括了对待金钱的两种根本看法和态度，曾警醒过一代又一代人。视金钱为仆人，顺其自然，量力而为，就会畅享自己的主人生活；甘奉金钱为主人，视其高于一切，自己就会为钱役使，被钱所累，甚至人为财死。

端正的金钱观是依法赚钱，努力挣钱，合理花钱，恰当攒钱；是"君子爱财，取之有道，视之有度，用之有节"；是恪守钱规财约，君子自重，得之坦然，用之心安。金钱观端正的人，既重相应的物质需求，更重美好的精神富有，胸怀坦荡，性格阳光，常处心满意足中。

龌龊的金钱观，轻者是赚钱没谱，花钱没数，总想少出力多捞钱，抠抠搜搜瞎算计，人没出息，"钱途"也是断头路；重者是金钱至上，拜金虚荣，欲壑难填，攀比成性，财迷心窍，视钱如命，甚而贪赃枉法，要钱不要命。金钱观差的人，经常为钱苦恼，不惜为钱众叛亲离，认钱不认人，其做人难，交友更难。恋人、夫妻分手的原因很多是金钱观不合。因此，有人建议，恋人于婚前应该有段坦诚相伴的旅游，让双方的金钱观晾晒于面前。

金钱观决定了一个人为人处世的基本态度。近几年，"三观"一词时髦走红，时常被一知半解者脱口而出。金钱观对于一个人的世界观、价值观、人生观有重要影响，倘若一个人的金钱观不正，其三观怕是想正也难。

1990年7月初稿
2020年12月定稿

美式金钱观

人们习惯形象地调侃美国是当今世界的人才收割机，而且多是为人才者自个儿争先恐后地"送货上门"。其奥妙诀窍无他，概因能挣会花的美式金钱观使然。

第二次世界大战以后，移民立国的美利坚，一直稳居全球霸主地位，素有世界淘金场之称。当今驰骋于美国职场的主流干将，大都是当年"山姆大叔"眼中的标准老外。这些曾经的冒险移民，无不是为着那个人所共知的淘金梦蜂拥到这片热土上来的。二百年来，满世界的淘金者，一波又一波源源不断地踏上这片新大陆，热度硬是有增无减。这里各国精英荟萃，各行高手林立，好一个"才"源滚滚，几乎把美利坚铸成了世界高精尖移民联合国。这就是虽然全世界都在玩钱，但美国人总能领世界玩钱高手之先的原因所在。因此，不足世界人口5％的美国，独占全球财富超20％，也就理所当然了。在美国，你有多大本事就可以赚到多少钱，比如倚仗个人智慧与专业技能混迹于美国的高级打工皇帝，年收入上千万的并不少见。有网友披露，一名美国银行高管的个人年酬竟高达7 500万美元之巨，相当于日薪20万美金，这简直是惊天现实啊！

美利坚人的淘金天性，不仅表现在为钱而"移"，而且与"移"俱进，可谓根深蒂固，既有秘籍又有渊源。其淘金初衷堪称矢志不渝，大有金在淘金、金无走人之洒脱。大名鼎鼎的"旧金山"之得名，就是当年赴美淘金者因美国西部的金山已被掏空，又倾师移民澳洲新金山，才将美国西部的金山冠名为"旧"。美国人并不十分看重职位的稳定，只求能够变着法儿地让腰包鼓些再鼓些。因此，美国人的跳槽率常年高居世界之首。那些目光短浅、手头紧的老板，被手下高手炒鱿鱼，早成家常便饭了。说到底，主雇间的频繁更换无非为钱而闹。

美国社会历来就有阶层之说，而其划分的决定性因素毋庸置疑是收入。收入不仅决定着人们的现实生活，左右着他们的社会地位，还会影响家人后代。美国是个赤裸裸的金钱社会，美联邦及州府政要没几个是完全无豪门背景的，烧钱竞选在这个挥金如土的国度里从来都是天经地义。对于普通美国人来说，迈进富豪圈子绝属奢望，即使是攀上中产，亦非易事。这在竞争异常激烈的美国特有的适者生存环境下，需要付出的努力与艰辛是常人难以想象的。

然而，务实的美国人崇羡富有却绝不仇富，在临渊羡鱼与退而结网之间，他们会毅然选择后者。美国人生性以贫为耻，在他们看来，贫穷是懒惰、愚昧和无能的代名词。中国传统文化所提倡的"穷且益坚"，在美国会令人耻笑。美国前总统约翰逊曾专门撰文呼吁民众向贫困宣战。谁个一旦不慎，被物竞天择掷入全美10％的贫困阶层，会在社会上和亲友中很没面子。

与其说美国人看重金钱，莫如说他们崇尚撒着欢儿地挣钱，喜欢体面地花钱，更洞晓为这体面所需付出的代价并时刻准备着。美国人的骨子里有种打拼光荣、凭本事赚钱至上的执念，绝不辞于加班，不惜频繁地接受各种再教育，只要能满足体面生活的渴望。他们从不怵于露富，有粉肯定往脸上抹，一旦条件允许，绝不吝于摆阔。购置五六居室四卫三车库外加大花园的豪宅和高级轿车，以及为子女选择顶级私立学校等，表面光鲜而又自我感觉实惠的事儿，美国人肯定不甘人后。漫步于美国别墅区你会发现，地道的美国人的住宅分外抢眼。他们的独栋别墅前的花园总是碧草如茵，盆景花木雅丽悦目，被装扮得层次分明、错落有致，有的还点缀有圣女石雕、小桥流水等装饰品，在小区里争奇斗艳，形成一道道靓丽风景，美不胜收，煞是扎眼。

直面金钱，相对于中国人，美国人算得上金钱的真正主人。美国人确实看重金钱，而能挣敢花的个性也尽人皆知，但他们更看重的是作为金钱主人的驾驭感。我们是谨遵祖辈教诲只花手中的钱，人家是生性豪爽善花明天的钱。花没到手的钱，为的是用明天的钱享受今朝，风光今天。更有人用明天的钱，抓住今天时不我待的难得机会，为当下赚取更多的钱，以提前实现致富的美梦。美国人豪掷千金，不摸今天钱袋子，只念明天有"钱途"。只要能凑足首付并能按时还上月供，面对房贷、车贷、投资贷，他们从来都是心不虚、手不软。一旦"钱景"稍有希望，定会房换得大而阔，车更得新而豪。美国人十年八年换套房，两年三年换辆车，一年半载就要来个自驾游。

不少名流叹服于美国人对金钱的深刻理解。美国人公开还原金钱之流通本能，耻于让自己躬身为世俗"钱奴"葛朗台。我们认为攥到手里的钱才属于自己，美国人则认为享受到主人权利花出去的钱才算自己的，这也就顺理成章地孕育出比尔·盖茨和巴菲特等人的慈善理念。人们耳熟能详的那个中、美两国的老太太购房的经典之喻所揭示的，恰是"我为钱役"与"钱为我用"两种截然不同的金钱观。个中优劣，相信只要投身"钱潮","钱感"自会助你"钱脑"洞开。

本文刊载于 2008 年 3 月 17 日《青岛晚报》

图 5-1　2021 年于上海与大女儿团聚时摄

房产观念身边事

形容百姓过日子的一个成语叫"安居乐业",听起来就让人感觉踏实——居以家安,乐在业中。可见,期盼安定生活和愉快劳作,是流传千年的向往。近期又见到个流行语——"大城市容不下我的肉身,小乡镇留不住我的灵魂",说的是北、上、广、深等大城市的漂泊族群,面对高企的房价和限购政策,为了安身立命,究竟是该留下还是该逃离的纠结。如今,一面是城镇化大潮势不可挡,一面是"有房才有家"与"我想有个家"间的矛盾。

在立足农耕社会的华夏子孙的血脉里,买房置地的观念根深蒂固。自古弟兄分家先分房,房产历来是分割祖传家产的重头戏。在中国百姓最关心的四大民生问题住房、求学、就医、养老里,住房居首。中国小伙谈对象,没有房子就缺少底气,丈母娘那关注定难过。财物统计时将房产归类为固定财产,房产与财产因"产"结缘,房与财难分表里。君可曾留意,媒体曝光之贪官敛财案例,扎眼的不过三大件:现钞、金条和房本。

小时候,我常听老人念叨,过去城里人,手里有了钱就认准两样东西,一是买黄金,二是在城里或回老家买房置地。对此,孟子在两千年前早有明鉴："有恒产者有恒心。"眼下，房地产的保值与增值作用远胜黄金，此前十几年的中国楼市可谓铁证如山。

在我曾经"为官"的一亩三分地里，给员工分房一直是我脑子里造福一方的重头戏。瞄准"调动上下两个积极性"的上级政策，每次我都会挖空心思地将"自家"的积极性发挥到极致，竭尽全力争取尽可能多的政府和系统补贴为员工谋福利，让本单位受益，最终一个不落地实现了属下全员居有定所，并为新招员工储备了留住人才的若干机动宿舍。

我这一辈人记忆里的住房，有两个烙有时代印记的称呼。20世纪90年代住房改革前，由单位自管配给职工的房叫自属房改房；21世纪以后，由开发商建造的楼盘被冠名为商品房。随着"大锅饭"体制的废除，中国城镇住房也发生了变化，直到邓小平明确提出"房子是可以卖的"，房子终以商品的名义开始了市场化流通。

毋庸置疑，民用住宅有两大功能，与生俱来，天经地义，古今中外概莫能外。一是赖以居住栖身、遮风挡雨之"刚需"，其中相当一部分也兼具生活舒适度与事业成功度之标志；二是投资性理财，买进房产，或经营出租，或伺机转手赢利，即所谓"炒房"。

我的父母虽不懂经商，却也曾凭借一间小屋撞过一次大运。1949年青岛刚解放那会儿，因原来借住的公房被收走，举家无处立足。父母凭手中仅有的九块大洋购得一处九平米小屋，让全家暂得栖身之所。后来为还债又将小屋以30元卖出。仅仅隔了三个月，这房价就涨到不可思议的三倍。小屋的暴利转手，让我家填平了此前天大的债务窟窿，纯属误打误撞。为此父亲好生感慨：若非赶上这种大赚的好时机，光靠干活挣钱，咱家注定要当一辈子"债奴"。这次奇遇让不满十岁的我深深认识到一种观念：房屋不仅可用来居住，还可以用来赚钱。此后的耳闻目睹，让这一观念被反复印证并牢记在我的脑海。

"从来就没有什么救世主"，全靠自己救自己。房改后，从前的住房供给制已成过去时，"大锅饭"体制下的房产观念必须与时俱进，否则势必沦为市场观潮派。这变革带来的社会生态变化，本该催生人们适者生存的紧迫感。在政府带领人民脱贫、致富、奔小康的征途上，居住条件的改善，除了靠自己，别想指望依赖谁。可大多数人仍心安理得地抱残守缺，或借口各种因由左顾右盼，错失一次次良机，或先是坐井观天，然后怨天尤人，到头来面对飞速前行的社会不进则退。待到自己反应过来，意欲买房或改善居住条件时，却无奈地变身高房价面前的怨妇，即使勉强买了房，也是个被扭曲心态绑架的"房奴"。

退而言之，与其抱持自怨自艾的"房奴"思维，不妨直面现实，调整心态，换个角度观察。1996年我去香港探亲，彼时香港的楼市已然与经济同步经历了20年繁荣，价格高到令人咋舌。从的士司机那里，我捕捉到港人两大房产观念：一是万众期盼"有楼万事足"；二是直面高企的房价，依然甘为"房奴"。号称世界金融商贸之都的香港，一面是高楼耸立，鳞次栉比；一面是大片贫民窟。单套房屋不少只有四五十平米，基本属火柴盒式的小一居或逼仄的二居室。工薪阶层意欲在香港岛拥有此类房屋，一般需要还贷二三十年，也就是说大半生要为房子忙活，直到退休。有句话调侃称"老少三代六个钱包供一房"，这在香港并非夸张。事实上，为跻身"房奴"群体而乐此不疲，早已成为港人常态。

生活需要成本，人生无处不经济。因为资源有限，前路无处不选择。对房产功能的清醒认知，本该是常识。作为工薪阶层，若想改善居住条件，坐等分房已成过去时，现在只能靠自己。

机遇，时常存在于坚持一下的努力之中。我内弟家，夫妻俩都是工人，退休多年，一直蜗居在单位分配的20平米阁楼里。苦熬傻等到2006年，眼看近期"棚改"无望，为给独生大龄女儿处世交友创造条件，老两口毅然用压箱底的十万老本做首付，再以孩子名义贷款30万，就近买下一套70平米的二手三居房，离开了棚户区，居住条件大为改善。此后第十年，他们终于挨到旧房被征购拆迁。老两口又一不做二不休，断然将所购十年的房产以150万出手，集两房现款之合力跨进了200平米足可养老的电梯房新居。一个默默无闻的工薪家庭，实现了居住条件两级跳的跨越性改善，喜获居住、投资双丰收。显然事在人为，是积极有为还是错失良机，完全观念使然。机会到处都有，就看谁能抓得住。

故事之离奇莫过于我家保姆买房。我家曾签约过一名"50后"阿姨，20世纪90年代末，她下岗、离婚，生活逼她携子来到青岛，一直从事家政苦差。后来儿子考上大学，她毅然狠心"断奶"，要求他走勤工俭学之路。她说，十余年的持续积累，只为内心的购房梦。其精神固然可贵，但我不得不现实而又残酷地提醒她："相对于飞涨的房价，就你这打工攒钱的速度，显然如龟兔赛跑，购房梦注定终成泡影。"她焦心地问计求解，我建议她提前下手。2009年春节刚过，她兴奋地赶来找我，凑上借来的10万，总共30万，问我可否马上下手。我立马十万火急地调动身边人，趁节后淡季，只花了三天就用32万在市内搞定了一套53平米二居室。十年后的今年春节，她向我电话拜年，语气里难掩内心的激动与喜悦，说她这套房的价值早已远超百万，这二居室不仅可做儿子婚房，自己养老也有了指望。为她欣喜之余我不免感慨，我真想象不出，在千百万持币待购的"刚需"大军中，论条件有几个会比这保姆更差。

另一出戏在大洋彼岸。我大女儿在美国硅谷有一家白人邻居，是对年逾八旬的老夫妻。1956年，他们贷款六万买下这套170平米的独栋别墅做婚房，从此携手拼搏，放飞梦想，生儿育女，乐享天伦。过了大半辈子，于50年后择机以学区房的名义断然出手，净得美金百余万。一生居住兼着理财，顺势而为两不误。无须儿女搭手，二老就从容地落脚高档养老院，牵手偕老，颐养天年。

同样是掏钱，到底该用来付房租还是交月供？美国人那早有答案。在美国加州的探亲父母圈里，大家有种共识：孩子们留学美国十年，能立足的薪酬都不算低，但过日子水平悬殊。其实刚到美国落脚时，各家情况都差不多，如果只满足于吃和用，稀里糊涂地过日子，手头绝难有多少积蓄。有的人甘为"月光"一族，一直付房租寄居，月光、年光，租没头，光没尾，为凑首付过了一年又一年。涨租，搬家，折腾不断，骚扰不停。而那些有眼光的人就与"月光"族相反，他们承继祖辈观念，宁可让日子过得紧巴点，也要凑上首付交月供。如此积零为整，数年后大都有了自己的美国窝。更有手头宽裕些的，或是有父母资助的，先后贷款买下两三套房，有住有租，以租还贷，日子自然更宽松。美国政府一贯倡导交易，鼓励市场活跃，无论贷款买房还是有房外租，政策都会优惠。很多人用足政策杠杆，拥有了多套房产，正所谓"吃不穷，穿不穷，打算不到一辈子穷"。生活如戏，单靠有限的薪资积累注定没戏，绝对是"你不理财，财不理你"。

观念不同，结果终是迥异。

脑子是用来使唤的。我有一位苏姓朋友，投资移民加拿大，买下了一栋六套连体别墅楼，原本的投资客转眼变身"房奴"兼房东。金融危机过后，房价持续上涨，除却以租供贷，每年还能净余租金20万，全家的准中产生活加未来养老，凭此足矣。如此良性循环下来，还将收获一笔可观的家传不动产。这位朋友瞄准外国的政策，用中国的房产经验，轻松地解决了问题。

2008年，我为报社撰写过系列"域外散记"，其中有篇《美式金钱观》，被《青岛晚报》刊载，一度引发热议。该文说的是美国人的金钱观：驾驭金钱，用明天的钱为今天创造财富，支取未来享受当下。此文是我早前那篇意在为金钱正名的《话说金钱》的姊妹篇。通过这两篇文章成文过程的观察思考，我的金钱观发生了认知上的飞跃，终于理论变实践，使得此后的若干偶然屡屡成为必然，应验了"眼光决定财富"一说。

20世纪末的1999年，时值我退休前夕，一笔可观的创收绩效奖金不期而至，意外惊喜并未让我变成视钱如命的葛朗台，而是决然卖掉原有住房，两款相加合为一个支点，改善居住条件，鸟枪换炮，才有了当下舒适的大三居。面对之后翻滚十几倍的房价，再回头看那次近乎贸然的换房，显然属当断则断的明智之举。

老伴重病期间，为照顾母亲，大女儿毅然辞掉了美国的药监工作，弃政从商，转战北京。2006年，我送别了老伴，当即把医保返还的老伴医疗费和手头仅余的医疗储备金一起汇往北京，并嘱女儿以此做首付，立马在北京购房扎根，安上个属于自己的家。

2010年刚过，二女儿海归落脚北京时，中国一线城市的房价经历了连年上扬，又逢 2009 年翻倍的行情，但我毫不犹豫，当即举全家之力凑足首付，让二女儿有条件踏上 20 年的还贷之旅。否则，她难有如今落脚北京后的那种安居乐业的轻松和踏实。

回望我这一生，人称文武全才，曾靠校办工厂为学校创收超千万。退休后，才凭借自己的经营理念成功地"下了一把海"，让全家人踏上了居有定所兼能理财的人生台阶。

运笔至此，蓦然想起作家闫红那句深刻而幽默的调侃："我终于意识到，我遇上了一个神奇的时代，虽然更多的人还在辛苦谋生，但暴富也成为新常态。除了像当官和被拆迁这种原有模式，一茬茬的风口，也在向那些有准备的人频频招手。田园式的勤劳致富即将成为传说，如今，群雄争霸，遍地枭雄，靠的是眼光和对时代节奏的把握。"呜呼，这何尝不是时代的神来之笔！

漫步市场，铁定物竞天择；面对进化，唯有适者生存。

2015 年 10 月初稿
2018 年 12 月定稿

立世之道

交友之道

朋友，泛指有交情、有相互需要的彼此。交情，指人际交往之情；需要，无外生存、精神之需，或兼而有之。所以，朋友的构成要素通常有三：有情、有用、有趣。

朋友，是历经岁月考验，沉积在心底又无血缘的亲人。称得上朋友的人，大多是成长过程里、共同经历中的伙伴，如弄堂里穿开裆裤时的发小，同过窗、同过床的师兄弟，并肩列队扛枪的战友，结伴创业、一起经商甚至不打不相识的知己，如同史上的廉颇与蔺相如将相之交。这些伙伴，乃永远的朋友主力军。跌打滚爬，耳鬓厮磨，是朋友间难能的粘合剂。否则，难有透彻了解。

因为朋友，才有相敬尊重、相知理解、相契信任、相佐扶持、相思体贴、相谅包容、相辉欣赏。每每念及友情的美好，会让人有奋发、欣慰、快乐、向上的愉悦。因为朋友，才有天地很小、自己很大的自信，才有生活圈的丰富多彩，打拼事业的底气和从容，才可能放眼四海，信步世界。

概念比较宽泛的朋友大致有三个层次：知心、知己，誓同生死的兄弟挚友，犹如桃园三结义的刘、关、张，甚少；相互理解、时近时远、时合时分的普通朋友，不多；交往不密、交情不深的走马灯式朋友，居多。"人生得一知己足矣，斯世当以同怀视之"，是对朋友数量的低要求，质量的高期待。朋友难得，如史上的管鲍之交。当今朋友，烂得取之不尽，如脑子里只记得人记不起名的那些，不过是勉强称呼作"朋友"而已。

为朋友者，一起吃吃喝喝、嘻嘻哈哈多见，真能切切偲偲者稀罕。好朋友就如找对象，永远是可遇不可强求。星云大师的朋友观有七：难与能与，难做能做，难忍能忍，秘事相语，不揭彼过，遭苦不舍，贫贱不轻。朋友要义，贵在相互知心，不分彼此，患难见真情。

较为古老的交友原则，诚如孔子曰："益者三友，损者三友。友直，友谅，友多闻，益矣。友便辟，友善柔，友便佞，损矣。"

交友切记三要素：首在真诚相待，平淡养心，善良养德，知足养寿，真诚养友；次在相互理解，而缺乏理解，是为糊涂友情；再在彼此平等，"朋"字即有类同平列之意，友情既不能俯视，又不宜仰视，重要不在地位，在精神平等。

朋友，难得的背景、靠山，你认识谁，比你是谁更重要。

本人成功或强大的因素无外有二：在知、能、财、权方面，一是自家自身努力，二是背景和靠山非同一般。有人将朋友称为人生须臾难舍三宝（粮食、知识、朋友）之一，无须想起，从不会忘记。还有人形容道："亲情是种深度，爱情是种纯度，友情是种人生广度。"中国人自古就有五伦之序，君臣、父子、夫妇、兄弟、朋友，足见朋友关系的非比寻常。

交友是门心灵艺术，贵在保持距离。既不失自己，又不至冷友。交友，彼此可以忘年，自己不可忘形。比你过强，比你太弱，都不适合成为朋友。友情，通常与时间和空间的双重距离成正比，难同北极星那样永恒。为朋友尽义务，既相当于储蓄人生,又是种不宜透支的人生资源。对朋友交往分寸的把握判断,是维护交友能力的艺术体现,更是难能的自知,切记"交浅言深,君子所戒",莫拿自己不当外人。

真正的朋友,不是他崇拜你什么,而是他了解并能容忍你的弱势。有句交友顺口溜:"以利相交,利尽则散;以权相交,权失则弃;以势相交,势去则倾;以心相交,成其久远。"只是为友者需当心,官大了,当心小人来攀附;钱多了,小心坏人会登门。所谓老朋友是陈年窖藏老酒,须酌情而论。不过务请当心,酒肉朋友,伤胃;势利朋友,伤心。一如当年黄袍加身的赵匡胤,一手导演了杯酒释兵权,就是当了皇上不认打拼弟兄的典型。

真正的闺蜜、挚友是你的影子,朋友对某件事的看法,你钦佩朋友什么,你讨厌朋友什么,都隐有彼此。正所谓"欲知其人视其友"。

朋友中有类知己特例:已婚男性交往女性朋友称红颜知己,已婚女性交往男性朋友称蓝颜知己。婚后的男女成为红、蓝知己,不必否认其中有荷尔蒙因素作祟,但不宜由此演化为情人,否则朋友终难做成,还会有麻烦。

周国平特意忠告世人:"你最忠实的朋友还是自己。"你的那个外在自己,可以站得更高、更远,以冷眼旁观者给你以提醒和指导,避免落入自命不凡或顾影自怜的可悲境地。这朋友断不该被疏忽。

虽然社会在发展,科技手段不断跃升,人们的交际范围空前,当今朋友的更换频率也在"与时俱进",但老祖宗留下的交友之道,根深蒂固,亘古未变。

2022年5月定稿

约束下的自由

韩非子有言:"万物莫不有规矩。"

小时候,人们大都接受过"规矩"教育,从文明言行到餐桌礼数,从尊老爱幼到礼貌待客。在父母的一次次絮叨中,自然将日常的重复变成了当有的乖巧习惯。大多数人从儿时起,就开始明白无规矩不成方圆,做人要遵守规矩,讲究文明,否则就会被认为是缺少教养、行为随性的人。随意个性,是指人的类动物本性,那种不受管辖没有规矩的任意随性。

卢梭有句名言:"人生而自由,但无往不在枷锁中。"此处的"枷锁"是指,对人生行为的限制、管控和约束。它可以是人世的规矩、教养、公序良俗,以及制度、守则、公约直至法律。通常所说的"约束"大体有三个层次:国家法律的管辖,团体制度与规则的限制,社会公德的制约。

作为社会一员,人是社会公德、法律制度约束下的理性产物。法律是道德底线,法律与道德二者匹配,确保人类社会的惩恶扬善。规范的人生,遵守规矩和法度,是为公民的人格和尊严,既是对自己的要求,更是对社会和他人的尊重。

规矩是种教养,更是人品。约束,让想犯错的人止步;道德，让有机会犯错的人拒绝犯错。人生而自由，但同时有严格的责任相伴随，当自己意欲通过努力而实现理想的时候，其社会自由和个人自由已被相对放弃。大家共同生存在社会公德的俗成约定之下，反而感到舒畅和轻松。如果说独自一人，尚可有某种自由，而一旦变为两人共处，就必须有一定程度的约束。

偌大的世界和社会，一向通过法律、规则监督运行和管理，公民的个性靠公德来规范约束。制度、法律、公约、道德，是历经社会实践反复推敲完善并被公认的既定准则。心中有正义良善，时刻将规则铭刻心中，犹如灵魂有了信仰，心甘情愿地适应社会，主动践行自我约束，让人生获得充分美好的自由发挥，生活才会阳光灿烂，事业才会优质高效。相反，无视规则，无章可循，芸芸众生在杂乱无序中相互干扰，势必让人耗时费力，一事难成，甚至疲惫不堪。

谈到约束，自然有个约束的法定或公认依据所在。现实中，是指对法案、规则的制定和优选，从而实施最佳的有效管控。史上有则著名的机制性章程建设案例——18世纪，英国政府有项移民决定，通过私人船主将犯人转运到澳洲。起初，政府接受船主要求，按照从英国上船时的离岸人数支付费用。结果转运过程中，在海上几个月，病饿折腾致死等的各类减员，使运到澳洲的移民人数大打折扣，严重时上岸人数还不到上船时的七成，但这丝毫不影响船主早已按上船人数兑现到手的运费。为此，政府绞尽脑汁，包括委派官员跟船押送，不仅收效甚微，连官员的安全也受到威胁。后来，有位议员认定，毛病出在运费的支付方案上，建议将运费由原来的按离岸人头支付，改为按运到时的上岸人数付给。结果，被动局面从此彻底改观，途中减员一般不到1％，有时竟能全员运抵。此后，政府的移民决定得到顺利落实。

20世纪80年代，曾疯传一个民间故事——父亲每天为俩儿子分切一个苹果。开始，俩儿子都抱怨父亲偏向另一个。后来，父亲让他俩轮流分切，规定每次切完后，不切的那个先挑走其中自己满意的一半，分切者自己没得选择，只能拿剩下的另一半。结果可想而知，苹果越分越合理，再无抱怨和争论。

上述两个案例，有异曲同工之妙。人们不免感叹，好的制度和方案，是最好的激励机制和调动力量。所谓管理智慧，无外高效的方案探索和完美的效果追求。

制度和道德，不仅是良好环境的开拓者，更是支撑风气建设不可或缺的。"近朱者赤，近墨者黑"，"蓬生麻中，不扶而直"，强调的就是环境的带动效应和良好影响。

自由从来离不开约束，没有约束何谈真正自由。唯有约束才能让世界趋向理性客观。世界让法律和制度看守，"行有道，达天下"。立世之本和于天下道义，自然畅达天下。

2021年12月定稿

侃　酒

酒，作为人际交往的媒介，它承载着丰富的物质与精神内涵，为当今之活跃于社会不可或缺。欲说酒文化，从制作到消费，中国堪称世界一绝。可谓酿遍春夏秋冬酒，魅醉东西南北人。酒在国民消费中的地位，仅从央视春晚白酒广告之标的连年冲击数亿，茅台酒厂的股价多年稳居 A 股榜首，即可见一斑。

《中国历史大事年表》记载："传杜康造酒，杜康即少康也。"少康为夏时君主。然酿酒的历史还可追溯至更久远，相传不仅有"尧舜千钟"，更有《黄帝内经·素问》中"亦有酒浆，则酒自黄帝始"之说。可见，酒与数千年华夏文明同根同源，一脉相承。

酒文化，在日常交往和生活中，对中国人的影响不容小觑。无酒不成欢，无酒不成宴，无酒不成礼，无酒不成席。喝酒的万千因由，可信手拈来：家庭团圆诞辰寿宴，婚丧嫁娶红白礼仪；迎来送往接风饯行，升迁祝贺发财道喜；节日欢聚单位会餐，同窗叙旧行业例会；开业庆典收场惜别，交友拜师毕业纪念；应奉上司安抚下属，求情答谢息事消灾。还有狐朋狗友瞎凑堆，开心举杯，排忧解闷。就连闲了无聊，累了解乏，冷了暖身，热了消暑，也都是喝酒的由头。

现如今称得上饭局的都该叫酒场。酒场，天天满场，举目尽是，礼数套路万变不离其宗。场场应时四景：斟酒和风细雨，劝酒花言巧语，喝酒豪言壮语，醉酒胡言乱语。视觉上屡屡上演常规三部曲：先是秀才敬酒，再是武士斗酒，最后是疯子拼酒。席间满是侃趣逗乐插科助兴，热闹兴起吆二呵三，还有酒拳行令。东北老哥喝酒有气场："东风吹，战鼓擂，俺那旮旯喝酒谁怕谁！"山东人就忒认实："齐鲁大汉不说谎，喝酒论斤不论两。"上海人喝酒有禁忌，面对劝酒，男人不说"我不行"，女人避讳"你随便"。喝到懵懵卡了壳，套话后头接着喝："闲话多说没用，一切尽在酒中。"凡此种种，花样百出。唯一本正经者稀罕少见，钱锺书有句名扬天下酒场感言："花些不明不白的钱，吃些不干不净的饭，说些不三不四的话。"

放眼酒场，活现人世缩影，粗看现套路，细酌见人性。大凡酒场，从来故事不断。我国历史上酒场故事多得可以车载船装，大谋略如宋太祖摆国宴行酒令，终场是杯酒释兵权；小心计像曹孟德煮酒论英雄，直让刘皇叔心惊胆颤坐卧难宁。现代套路花样迭出，酒场时兴连续剧：酒局挂名摆噱头，醉赌"送钱"法律难究，K歌、洗脚刚中场，美女巧排子夜后。

老友相聚酒为礼仪，鉴赏厨艺其次，品尝佳酿为主；交流信息为辅，叙情怀旧为主。如此这般，才能花赏半开，酒饮微醺，达到饮酒的理想境界。遇上那种应奉检查或伺候顶头上司的酒局，注定事先安排周密，全程必中规中矩，当事下司心神忐忑，全神关注领导脸色，小心翼翼，行事只看眼色。有诚意的酒局，主方有酒有肴，不该有事。惟其如此，主客双方才能喝得随心惬意，舒心轻松，营造出酒宴气场、宾主情谊。惜哉如今名利场，无事酒局在哪厢？有预谋的酒局，主有心思，客有负担，一边心怀鬼胎，一边忐忑不安，千万别是鸿门宴。所以，曾任山东省主席的军阀韩复榘，应邀入席先封口："酒席上的话，不算！"

酒场闹局莫过单位大会餐，年年闹剧有花样，岁岁终场全武行。推杯换盏里各显其能，觥筹交错中尽露真容。有人一杯薄酒善始终，熙来攘往笑脸迎；有人眼观六路耳闻八方，顺水人情不忘应奉；有人直臂举杯脚不停歇，轮桌串场如簧巧舌；有人借酒佯装疯癫，有人斗酒泄宿怨；有人唯恐事不大，添油加醋煽风助兴："喝酒不能怂，干杯才有种""喝酒不能逃，谁逃谁脓包"。嘻哈吵闹混战中，里表风景各不同。有人放下酒杯端茶杯，悄无声息吐酒进茶水；有人佯装摸脸巧拭嘴，干湿巾中浸酒水；有人寻机混战趁其不备，将白酒掺入对方啤酒杯。酒场神通有灵性，酒品、人品难说清。是故，诸葛武侯早有明鉴："醉之以酒而观其性。"

酒是一种神奇妙饮，酒后喜怒哀乐有无限可能。古往今来，酒的是非功过之争从未间断。

公说：酒是福水、神饮，酒是生产力。酒能通情，酒能滋趣，"三杯和万事，一醉解千愁"，甚至"狂饮巧施计，半酣破昆仑"。酒是打天下治国之神器，当年周公瑾摆酒设宴捉弄蒋干，传为千古笑谈；酒是提神壮胆之妙药，"武松九碗斩大虫"；酒是启发灵感之酵母，"李白斗酒诗百篇"。刘伶作《酒德颂》为酒扬德，白居易写《北山酒经》为酒著功。流传至今的有关酒的诗词歌赋不胜枚举，"对酒当歌，人生几何""钟鼓馔玉不足贵，但愿长醉不复醒"。"一壶浊酒喜相逢，古今多少事，都付笑谈中"，千古传诵。"四人帮"倒台，《祝酒歌》应时而生，一度唱遍国之南北西东。

婆说：酒是祸水，是魔浆，是穿肠毒药、迷魂汤。看去酒似一杯水，多喝烂喝就见鬼。饮酒误事泄密、饮酒废人乃至命丧黄泉者屡见不鲜。冯梦龙说酒为酒色财气四害之首，佛家将其列为"五戒"之一。《智度论》指出饮酒"十过"，更列有"三十六失"以诫后人。传说大禹酒后曾断言："后世必有以酒亡其国者。"报载，我国低能儿中父母嗜酒成瘾者超50％。

毋庸置疑，酒是一柄双刃剑，小酌可怡悦身心，使人精神焕发，更多的是礼仪宾客；滥饮则丑态百出，不仅令人厌恶，还会失智误事，祸害无垠。早在两千多年前，许慎就有明示："酒，就也，所以就人性之善恶……一曰造也，吉凶所造也。"就是说，酒本难言好坏，善恶、吉凶、美丑全在饮者自己。酒后留下的有欢愉兴奋和情谊，更有消沉颓废和劣迹。

凡成大事者，酒场恒有底线：饮酒无量，适可为王，颜面为尊，礼仪至上。唯"酒彪子"千年迷糊天天喝，婆娘面前指天发誓言之凿凿，叵耐三杯下肚，不是酒鬼就活见鬼了。呜呼，嗜酒无节之徒，酒前是人，酒后是鬼，人鬼难辨，洋相百出，瘾性天大，记性忒差，记喝千遭不记骂。终了自暴自弃，令人不齿遭唾弃。酿成酒鬼品性，成了家庭灾星。

2010年初稿
2020年定稿

弹性艺术伴人生

人，素来以善假于物而为万物之灵。物体的物理弹性，因其可缓冲、善贮能、放得出、收得回的特有功能与灵性，备受世人青睐。尤其是随着现代自动化的飞速发展，弹性原理与器件在生产、生活各个领域的应用，可谓举目尽是。汽车能顺利适应路途颠簸，平稳疾行时速达一二百公里，靠的是弹垫、簧板与充气轮胎等的缓冲减震。体操运动员能顺利跨越鞍马，主要得益于前有跳板助力腾空，后有弹垫为落地缓冲。我们身边手机、电脑、家用电器按键的灵活操控，也无不依靠弹性元件的助力。

有关弹性功能的开发利用，无处不在，借以造物制器，世人可谓绞尽脑汁。然而，若论将弹性意识应用于人生，则乏善可陈。人们常挂嘴边的"愣头青""杠子头""一根筋"，俗称认死理的"缺心眼"们，在人群中并不少见，而他们缺的恰是处事中的善动脑，会灵活，善适应，会变通，即做人当有的活络情商——弹性艺术。

老人们时常告诫晚辈："宁吃过头饭，不说过头话。"意在警示我们，待人处事需要看火候，讲分寸，明进退，善留余地，凡事不宜采取绝对化思维，避免死扛走极端，以不至于让自己处于被动的尴尬境地。水至清则无鱼，人至察则无徒。凭借智慧上的弹性艺术，人们或可将自己的专长发挥到极致，或可减少与他人的摩擦冲突。缺乏弹性艺术的人际关系，或亲疏无常，或冷热无度，都是处世为人的短视行为，乃人际交往中的大忌。

漫步大千人世里，茫茫人海中，值得谨慎借助弹性艺术为润滑剂、缓冲器的事比比皆是。众所周知，处好同事、邻里、亲友、伙伴间的关系，是个颇费心思的艺术活儿，不只需善意活泛，拒绝死磕，更要靠疏密得当的弹性距离。即使是二人世界，难免有日常碰磕，保持相敬如宾的温馨，大都得益于相互的礼让与谦和，这早已成为过来人的共识。所谓"家庭有理难讲清"，夫妻间的小别扭、大战事，一方较真儿在气头儿上，另一方若能识趣并释放宽容，或小施柔情蜜意适时化解，或善意设台阶息事宁人，或选择沉默、暂避锋芒，让时间来缓冲，待至云消雾散风平浪静后，再行晓理动情的沟通与疏导，此亦二人天地常见的弹性高招。然而不知有几人善用、肯用。

"良言一句三冬暖，恶语伤人六月寒。"客气话、道歉语、主动退让、善意谎言，均不失为化干戈为玉帛的灵丹妙药。善以弹性思维化解矛盾，会令各类紧张的人际关系适时出现转机，变冲突为和谐。借助弹性，第一次做班主任的我，曾成功地化解班上两名学生在小学时的陈年死结。数年以后，其中的那位班长还念念不忘那次"深刻的人生启蒙"教育，来信说把我当时"凡事可以看透，不能做绝"的十字箴言，一直当作自己的座右铭牢记心间，并在之后的经营管理生涯中获益。

"量小非君子，无度不丈夫。"具备宰相肚里能撑船的宽广胸怀，兼有海纳百川忍辱负重的大丈夫气度，才不愧是以弹性人生展现君子风范的至高境界。名相蔺相如以大局为重，对同朝战将百般容忍一再谦让，终使老将廉颇愧悟顿首，亲临相府负荆请罪，谱就华夏文明史上妇孺皆知的千古美传《将相和》。越王勾践卧薪尝胆，忍辱负重积十载，最终成就复国大业，被后人誉为能伸善屈、自励奋发的成大事典范。

历览纷繁人生，弹性艺术乃为人立世、畅游天下的大智慧，又是做人内涵与美德的重要象征。大凡驾驭人生高手，不仅需有上好的人性修养，更需张弛有度的弹性心理素质和格局。阳光洒脱，擅长弹性思维，拥有胸怀宽阔的弹性空间及回旋余地，方可具备超人的心理承受能力。为人于世，难能一顺百顺，善驭弹性以待者，无论处境顺逆，不计职位高低，常以理性与宽容面对恩怨苦乐，淡泊名利得失，总能大难当头面不改色，面对突发处惊不变。此乃饱经风霜历经苦难，既不掉价儿又不丢分儿，善于为人、精于做人之弹性艺术高手。

诚然，人性多彩，有人精于细腻、严谨，有人乐于粗犷、豪放，性情可以迥异，而意欲活出精彩人生，弹性艺术绝对不可或缺。遍赏色彩斑斓优雅人生，客观、包容，尽显坦然直面人世的弹性艺术。美哉，幸有弹性艺术为伴，人生的美妙格局与理想境界不时呈现眼前。

本文刊载于 1997 年 2 月 21 日《青岛日报》

"使物"与"物使"

古人云:"君子使物,不为物使。"此论似乎无人不以为然,但在人类驾驭万物令世界飞速发展的当代,却仍有不少君子甘为"物使",不惜乐此不疲。

人称身外之物的孔方兄,原为人们取之有道辛劳所获,按理说人应为钱财之主,量入为出地由人支配。然现实中却完全相反。常闻世人泣血悲叹,切齿痛骂:钱为祸水,钱乃粪土,钱是王八,钱非善物!缘何如此气急败坏?起因在于,自钱财与人结缘之日起,孰主孰从,常常本末倒置,难辨是非,误入两个极端。善开源、会节流,能理财、懂惜金本是人之美德,然而许多人常常跨过真理多行了一步,守财成癖,吝财至迷,主从颠倒,甘心沦为金钱奴隶。更有甚者,不惜道德沦丧,损人利己,坑蒙拐骗,无所不用其极;有人财迷心窍,贪赃枉法,敛财成癖,不把身家迷进大墙不肯善罢甘休。到头来,不仅痛哭骂娘徒劳无补,嫁祸于钱亦属自欺。此可谓"鸟为食亡,人为财死"的古今"物使"典型。

请勿嗤笑莫里哀刻画的守财奴阿巴贡,也不要轻蔑巴尔扎克笔下的吝啬鬼葛朗台,相比这些甘为钱财役使的老外们,中国人

（包括豪门一族）视财如命、如痴如醉的"光荣传统"绝对毫不逊色。为钱财故，至爱亲朋反目者有之；为争夺家产，双亲尸骨未寒，同胞兄妹转瞬成仇，大闹法庭者亦不乏实例。

更可笑，那些千年古刹、砖瓦土庙连同泥神木佛，本皆出于凡夫俗子之手，既不是造物者"原装"，也无处可以"引进"，更非天外来客。然而古往今来，包括达官显贵在内的芸芸众生却视其为神灵，纷纷五体投地，顶礼膜拜，乃至一代代大活人偏偏让泥胎木雕屡屡嘲讽不迭："可怜我全无心肝，怎出得什么主意？堪笑人供此泥木，空费了多少钱财！"

诚然，这是个信仰自由的世界。我常想，应十分感恩信仰给予大众的从善教益和慈悲襟怀，亦应常念古圣人"敬鬼神而远之"的宽容大度。只可惜这一信仰惯与迷信搭伴，而迷信又时常和愚昧结缘，便难以令人苟同。更可恶，一干孽障一面横行乡里，鱼肉百姓，又一面以行善为名，烧钱祈求佛祖保佑其免受该当的罪有应得。如果诸路天神真的只有接受膜拜才肯普救众生，甚或不辨善恶，只有见钱才肯眼开，他们岂不成了世间贪官的原型？众多善男信女岂不成了可怜可悲的投机行贿者？请听人们心目中真神的正色厉言："存心邪僻，任你烧香无点益；持身正大，见吾不拜有何妨？"

人本为天地之主，该是充满自信的，为什么却常常可悲之极？思来无他，"物使"然也。财迷心窍，令钱与物能神奇地役人、使人，而人又偏偏甘愿为之驱使；钱财可变着花样愚弄人，使人难堪，屡屡上演"磨能推鬼"丑剧，不惜人为财死；木塑泥胎竟也能管天下众生，而唯独当然的主宰们却难以掌管自己。固然，种种客观局限让主人们有诸多苦衷与困惑，个中道理尽笔亦难尽言。然而当主者硬是不肯为主，反而屈驾降格甘为钱物役使，连天仙地神也万般无奈，致使万物之灵最难灵。这也许正是人世悲剧。

有言道："人不学，不如物。"那是否可以说："甘为物使，人将不人，亦难如物！"

本文刊载于1992年1月5日《青岛日报》

难管自己众生相

人,虽为万物之灵,似乎上能管天,下能管地,但有时又可怜、可悲、可叹,常常最难管的反倒是自己。

吸烟有害,这不仅为现代科学和大量医学案例、调查统计所证实,就连烟民也不得不坦承,因为吸烟成癖,不仅让自己健康受损,生活过得乌七八糟,还被身边人厌恶如过街老鼠。然而,风靡世界的戒烟运动年复一年,效果却不甚理想。那些或被逼或出于突发奇想的戒烟者,稍经时间考验,大都愿不敌瘾,最终戒烟有成者依然鲜见。据载,于戒烟呼声很高的近百年里,世界的烟草业却在逆向持续发展。在市场波动、商品不时过剩的当今社会,今天这类疲软,明日那项滞销,而唯独烟草业几十年乃至上百年却一贯产销两旺,就是最为确凿的例证。

可曾闻,瘾君子言之凿凿:"宁可不吃饭,不可不吸烟。"足见瘾头确实够大。人活着,饭终归要吃,烟就肯定难戒了。

笔者曾探问有烟瘾者:"既知有害无益,又被视为过街老鼠,为何还死皮赖脸吸个没完?"

"遇到烟瘾上来就没着没落,吸了自己也烦。贱毛病,明知故犯,专讨人嫌!"

"何不断腕,狠心戒掉?"

"戒一阵子,便心瘾手痒一再失控,只好又自我原谅,再次开戒,于是……"

于是旧习重操,屡戒屡开,恶性循环。终归瘾劲儿难敌,要害在于难管自己。除非被病所逼,或大夫危言,否则难有成效。

还有嗜酒众生的般般拙劣,更属超级难管自己。瞧瞧那些嗜酒如命的主,有常年喝、天天喝、顿顿喝,不喝犹如百虫挠心者;有逢酒必喝,每喝必醉,醉后必丑态百出者;更有不把自己喝进医院不肯罢休者。不仅如此,还喝出系列借口,喝出若干名堂——什么"酒能通情,酒能滋趣",什么"三杯能和万事,一醉善解千愁",什么"无酒无趣、无酒无礼,无酒不成席,无酒难成欢"。更有严肃认真且上纲上线者说:"喝酒也是生产力!"可惜这些名堂、借口与嗜酒成瘾、成癖、成赖者,既不搭界也难沾边。倒是酒后失言、醉酒泄密乃至"过饮不节,杀人顷刻"者屡有所闻,还有因嗜酒误育、遗祸儿女者,从古至今都不鲜见,古有陶潜、李白名流,今有某位大导演,教训惨痛,尽人皆知。仔细想来,众生因瘾失控,常把自己浇灌到神经错乱、身体失常的难堪地步,实属万分可怜,然又可悲、可恶得让人难以原谅。叹只叹众位酒兄、酒弟们,于酒前难管自己,酒后又自己难管,屡屡抛金撒银最终被酒精折腾得洋相百出,自己也难说后悔过多少回了。真该提醒嗜酒众生听听那些善意民谚古训,诸如"酒是穿肠毒药""酒是惹事祸根""酒乃'酒色财气'四害之首"等规劝,牢记心中,警钟常鸣。

至于沾染嫖、赌及毒品等恶习的众生,那种难管自己的忘我丑相更不消说。不仅使自己的尊容与灵魂时常处于人鬼难辨的状态,就连妻室儿女的安宁怕也十有八九难全了。

再细看普天之下芸芸众生，其中还有两支分外难管自己却又成员颇众的群体，他们所具共性都是好与自己过不去。其中一支专以身边成功者为敌，深中嫉妒之毒而难以自拔。其表现是，对人贬低陷害，不惜恶意中伤，对己自虐折磨，深陷自卑，心存不可告人邪念，心理扭曲到极端自私而不择手段，"我不行，也要你'行'不成"。早在千年前，韩愈就痛感世道之艰，何以总会"事修而谤兴，德高而毁来"。钱锺书所以长期深居简出，远避传媒，想来也是为"落寞声名免谤增"而刻意避世。这种嫉妒心理犹如从潘多拉盒子里跑出来的魔鬼，早已成为损害人际关系与社会风气的顽疾沉疴，无疑是人类自戕的极端负面心态，以致妒人者在伤害别人的同时，自身也倍受伤害。其实在现实中，大多数妒人者对受妒者造成的伤害微乎其微，而他们留给自己的却是恒无休止的怨恨和恼怒，其狭隘心理和可怜人格令他们心情常处阴霾之中，仇恨的惩罚是他们咎由自取的。

还有一支则是总拿别人的缺点惩罚自己者，似乎上帝赋予了他们生气的嗜好。别人的言谈举止、所作所为稍不合自己心意，他们便顷刻火冒三丈，晴天骤起风雷，至亲反目，挚友为敌，事后又后悔不已。最是可悲，稍一事过境迁，便又故伎重演，旧态复萌，如失控脱缰之马。如此五次三番，久而久之，其人生之路岂能不渐行渐窄，亲友们岂能不敬而远之？若问此类诸君宁愿害己也不惜损人的病根何在？还不是人生那个老掉牙的顽疾——难管自己！

高尔基有句名言："人只要有一点点意志，就会成为了不起的人。"呜呼哀哉，原来仅需"一点点意志"！不错，综观古今中外，大凡了不起的人，都具有这起码的一点点意志。他们长期坚持自我磨炼，善于在自管自制中不断进取，渐次让习惯成自然，日积跬步，渐生奇迹，终获成功成才，凭借的正是这"一点点意志"。而诸多的凡夫生灵，缺少的恰恰是这么一点点起码的意志力，便不得不在难管自己的恶习中自我消磨、颓废，眼睁睁看着好端端的自个儿就这样屡屡败下阵来。咳！可怜之人必有可恨之处。

我辈芸芸众生，不就时不时在暗地自怨自艾吗——"我咋就这般天生没出息！"

本文刊载于1992年2月9日《青岛日报》

大账当算

真正难算的,该不是会计手下的盈亏数字账。人生旅途千本账,笔笔难、种种烦,甜酸苦辣,光怪陆离,不仅名目繁杂,且无固定模式与套路,更难师传,叵耐传、教之曲唱不来。最是耐人寻味,多少事业上的名师大家,一旦面对人生怪账,常常进退维谷;一些风靡娱乐圈的明星、大腕,在它面前,那曾经车载船装的"默",便屡屡再也难以"幽"出来。

亘古至理:惯子如杀子。理易通晓,账亦十分好算,然从理变成生活现实,则完全不是那么回事儿。这笔谁也难以回避的父母之于子女的人生账,又有几人能拎得清?历数古往今来数不清的案例,子弟所以纨绔,家庭往往难脱干系,青少年犯科作奸,大都与父母娇生惯养密不可分。必待娇儿泼赖成性、堕为孽子,甚至"作"进大牢,始肯顿首幡悟之父母,永远大有人在。

人生百年路漫漫,从卿卿我我到步入围城,夫妻大都会厮守终身。同是百年鸳鸯账,细算起来,优劣悬殊,而真能算得好的仍是少数。不少主儿从眉目传情时就不肯算、不会算,待到白头偕老时,这怪账还在难算之中。有的经过一段实践检验,明明该是"合之则两伤,离之便两宜",又偏偏要在宁伤勿宜中大打持久战。有些细论本无多大事，更少有利害冲突的夫妇，可似乎凑在一起就是为了别扭，活像是前世欠下了鸳鸯债，此生今世尽讨个没完没了。更有干脆视小窝为战场者，或冷战或热吵，要么三天一小战，五天一大战，且战且难停，要么吵个口干舌燥，死去活来，唯余身心耗尽，两败俱伤。如此，阖家上下虽鸡犬亦难有宁日，如多事之中东，一战就是几十年，直战到白头偕老。此类事体，仅仅发生在凡夫小民之中也许不足为怪，遗憾得很，自古世上几多名人、伟人，能如周总理与邓大姐般恩爱者又有多少？

其实，人生路上处处账。有账当算，就看你算不算，怎么算。不肯算，生得悲哀；不会算，活得愚昧。

就如牢骚，一向被视为是人类的共同弱点。有君家中牢骚，职场牢骚，乘车如厕亦牢骚不停，甚或梦中呓语也不舍牢骚，时刻无顺心，满目看不惯。此类君的不会算账着实可怜、可悲。其明明知道，社会不能因牢骚而进步，自身更不会靠牢骚改变，牢骚究竟何益？不过是削弱自己意志的腐蚀剂，污染人文环境的社会垃圾。笔者常生恻隐，这般牢骚君，天天将自己泡在怨天尤地的自酿苦酒里，终身同愉悦无缘，超级可悲者也。把本该自爱自悯账，算成了自戕自裁账，这无聊所酿成本不免太高了！

环顾漫漫人生，茫茫人海，累累大账本当该算。有人生来揣就一本糊涂账，生生世世找别扭，专爱自作自受；有人放着平安日子不过，专以与别人过不去为己任；更有人专做损人不利己、害人又害己的蠢事，而且不撞南墙不回头，直至命归黄泉路。自诩聪明绝顶的人啊，你那较之其他动物所独具的理智哪里去了？大账面前、关键时刻，何故专与自己较劲，偏与任性、糊涂结缘？

人生大账，不可不算。肯算，便属难能可贵；善算，则可渐悟人生之真谛；常算，更会催人心灵升华，对世事看得清、拿得定、活得清澈，活出个明明白白人生来。

商贾经营，道之精明，全在细算，为人处世者亦然。

本文刊载于1993年2月11日《青岛日报》

幸福万花筒

在中国的万千祝愿里,"福"字当头。新春大年,人们开口祝福,满眼见福,迎门"福"字倒着贴,寓意"福到了"。祈福、盼福、梦幸福,仿佛人们生来就为谋幸福,无人无时不在渴望幸福。想象这人生,追求幸福还真就不可或缺,它不只让大家神清气爽、嘴甜耳顺心里美,还恒为人生向上望远的动力源,事实上,人们的终身努力,大都缘于追求幸福的美好愿望。

幸福,辞书里的传统释义为:使人心情舒畅的境遇和生活。小学时开始知道幸福的反义词是"痛苦"。人生在世,一心想幸福,千方百计避免痛苦。长大后才知晓,虽然心里念的是幸福,而苦难却偏偏遍布在日常现实里。也渐渐明白,有过痛苦体验的人,为何对幸福的要求低调而单纯,"但求家里没病人,牢里没亲人,身边没坏人,圈里没小人"。对幸福的要求虽然简单,如"孩子阳光可人,心里有爱你的人,自己是个健康人,身边随时有高人",看似朴素的愿望,却又常常是难能如愿的奢望。世事无常,人力难为,人们惯于成喜败忧,而现实中又从来成败相间,祸福相依伴人生,喜忧参半是常态。于是,世故佬们惯于实话实说,幸福与苦难相生相伴,是不随主观意愿改变的客观存在。

幸者，幸而、侥幸也，福者，福气、福分也。二者合二为一，即幸而得福，所以就有"不如意事常八九，可语人者无二三"。现实中，贪得无厌、欲壑难填、虚荣与贪婪者，永难得福；超然物外、知足常乐、心无奢求者，福频光临。有人向往的幸福如调侃所言："位高权重责任轻，钱多妻美儿聪明。"分明的镜中花、水中月，梦里天上掉馅饼！即便对普通人而言再平常不过的婚姻福分，也需随缘、认命，原本就属可遇不可强求。

盘点大千人世幸福观，花团锦簇，色彩斑斓，俨然超级万花筒。有人一心活在精神世界里，志在"先天下之忧而忧，后天下之乐而乐"；有人只想活在物质欲望中，追求豪宅名车、花天酒地，认定"宁肯坐在宝马车里哭，不愿坐在自行车上笑"。有人梦想呼风唤雨，为所欲为，扬言"宁教我负天下人，休教天下人负我"。有人好大喜功，以出人头地为荣耀；有人乐得"采菊东篱下，悠然见南山"。有人富可敌国不止步，还想百尺竿头更上一层楼；有人小富即安，"两亩地、一头牛，孩子、老婆热炕头"。有人盛赞史上清官的拒贪之言，"我以不贪为宝，尔以玉为宝。若以与我，皆丧宝也，不若人有其宝"。更有人心不足蛇吞象者，不惜以身试法，终陷囹圄。凡此种种，不一而足。对幸福的理解不同，追求的目标与结果自不相同。

其实，幸福并非遥不可及，远在天边，近在眼前——感觉就在自己心里。对此，很多人都有精辟诠释。林清玄说："心美一切皆美，情深万象皆深。"作家六六认定："幸福是自生的源泉，不是外界给予你的浇灌。"中国民间俗语"知足常乐"，正应了亚里士多德那句名言："幸福意味着自我满足。"可见，懂得知足就有幸福。而那些时常对幸福感到迷茫和失落的人，障碍多在自己心里,"世间原无烦心事,庸人闲来自扰之"。

可是如何知足,该何时知足,皆缘各自的心理预期而异。客观地讲,人处不同时期、不同层次、不同境遇,乃至不同品性,对幸福的理解各不相同,衡量幸福的尺度也大相径庭。落难中贪吃小豆腐时的朱元璋与一统天下坐进金銮殿的洪武帝,其前后幸福感自是截然不同的。显然,幸福并非一成不变,它完全取决于彼时彼地自己的心理感受与切身体验。同样的处境,对于不同人、不同的背景、不同的时机,有人可以认定为幸福,而有的人则可能说不。幸福尺度的各取所需,或高或低,恒无统一标准。退而言之,即使是流浪街头的残疾人,同样也自有其幸福感,只要有顿温饱饭,有个廊檐避风寒。可见,若将幸福的心理尺度定得低点,幸福常伴,反之,则幸福难觅。荣毅仁说:"发上等愿,结中等缘,享下等福。"他对莎翁的名言"得到的超过预期的就幸福",一定有着深切的理解。

苏格拉底列过一个等式:智慧＝美德＝幸福。伦理学家王海明也指出:"幸福与德性正相关,德、福必定一致。"正如英国古谚所言:"赠人玫瑰,手留余香。"渡边淳一也说:"幸福是一种谦卑之态。当你谦卑待人时,自己内心的感受是幸福的。"可见,欲求福大,莫如量大,气定神闲心自安。从道德层面讲,君子常为众人谋,福频临幸;小人多为自己念,福不待见。早在2 500多年前孔子就有鉴察:"君子坦荡荡,小人长戚戚。"君子因为光明磊落,心胸宽广坦荡,所以不忧不惧;小人患得患失,长于算计,又每每庸人自扰,所以经常陷于忧惧之中,心绪难宁。肯吃亏行善的君子,在奉献出自己至爱大德的同时,也获得了幸福感;而总以占便宜为幸的小人,在暴露出其卑鄙龌龊的同时,得到的却是痛苦不堪。二者德行别如天壤,其幸福感也异如云泥。

宋代无门慧开禅师有首名诗为人称道："春有百花秋有月，夏有凉风冬有雪。若无闲事挂心头，便是人间好时节。"是说，只需尽抛俗念琐事，自然就会感到幸福。得道高僧修来之心态，难能可贵。若能像他那样放宽心怀，万事万物就会变得美好起来，幸福自会光临。

既然公认，幸福完全是种自我心理感觉，那么，与其苦苦寻觅，苦海无边，不如务实回头是岸。人们只需抛却无谓杂念，肯屈尊，认定天赐生命就是福，活一天乐享一天，如此，幸福就纯粹得十分地道。面对沧海桑田，芸芸众生，不妨设计个现实版广告："谢幕时人人终须见我，梦幻是永远也不想见到我，理想是你可以晚点来见我，唯幸福是至今还没让你见到我。"

2012 年 8 月初稿

2017 年 12 月定稿

图 6-1 1992 年全家合影

健康之道

长寿多辱，善待暮我

有幅贺寿对联曰："福如东海长流水，寿比南山不老松。"贺词很美，道出了人们的美好愿望。然现实生活中，"寿"尚可能，"福"却较难如愿。陆游曰："老去人间乐事稀。"生而乐稀，福更是奢谈。《庄子》所言"寿则多辱"，似更贴近实际。

生老病死，不可抗拒。生命历经鼎盛，衰老终是必然归途。人体衰老，首先是能力渐现衰退，思维迟钝，行动缓慢，手脚不灵，凡事心有余而力不足，是无用之辱也。

进入生命拐点之后，寿的量增引发体的质变，身体老化，不再灵光，曾经的光环与形象不再，失去当有的活力乃至自我掌控能力，失尊之辱亦成必然。

尽管国人一贯推崇所谓子孙孝敬奉养之道，然果能如愿者却十分少见。孔子力倡："有孝之养，必带恭敬之心。且敬且养，且养且厚。"然而残酷的现实却是"今之孝者，是谓能养。至于犬马，皆能有养"。老来被歧视、虐待，甚而遭受遗弃者频现，此为老来面临不被敬养之辱。

及至老来身弱体衰，陷入病痛折磨之中，耄耋之年便从喜寿转至苦寿，从康寿到病寿，从福寿到辱寿，直至难以自理，陷入备受折磨的病痛之辱。

更为严酷的是，伴随年龄的增长，人老而无用、不被敬养、失却尊严、不受待见，甚至身陷失智之重辱，渐成长寿之人难以承受的心中长痛。

直面老之必然，"寿则多辱"是难以改变的生命之态，对此需坦然面对，顺其自然。歌德有句名言："成为老人的艺术算不了什么，真正的艺术在于战胜衰老。"欲实现艺术地战胜衰老，那就从跨入知天命之年开始战胜自我——漫步花甲，笑迎古稀、耄耋直到百年人瑞，渐渐地在知老、懂老、认老、服老的适应过程中自享愉悦。绝不与老较劲，善于同自然老化和谐相处共存，以尚有的理智对抗寿的惩罚，通过勤于自律，免于"自取其辱"。进而洞晓谦卑随和是老人的通行证，遇事看得透，心里想得开，是赢得尊重的必要条件。意欲有尊严地老去，起居自理是生活底线，自爱自重是道德底线。

老人可在自省中赢得自尊，自乐自赏，不因他辱而自暴自弃。在夕阳的路上，能走多远，无关其他，完全取决于自己的体魄与心态。时常告诫自己，多些宁静，少些牵挂；多些宽容，少些希冀。知足常乐，宠辱无惊，去留无碍，微笑向前，知趣而坦然地善待暮年自我，方为智慧老者当有之上策。

至于尊老、敬老、护老、安老的社会环境与风气，有尊严地老去、有尊严地安详离去的时代，不妨权当这诗意在路上，在未来的远方。

2018年10月定稿

说勤道懒话老年

一

农耕时代评价人，有一对朴实简约的常用词："勤快"与"懒惰"。勤快是中华民族传统美德，懒惰是人性中致命弱点。

赞赏者说，"勤"是手脚闲不住，满眼都是活儿，居处窗明几净，周身干净利落；严苛人道，"懒"是四体不勤，五谷不分，油瓶倒了不扶，得空就四仰八叉、四脚朝天。中华民族素来以勤为美，崇尚勤能补拙、勤能生巧、勤则不匮、天道酬勤、人勤家兴。

勤快，是积极主动的人生良性循环。那些阳光向上的勤劳、勤恳、勤勉、勤奋者，是有口皆碑、兴门旺族之人。懒惰，是消极被动的人生劣行恶习。那些得过且过、懒散、懒惰者，是惹人生厌、不受待见的人。勤快人，有种活泼的勃勃生机。近看是举手之劳、顺手而为的身边不乱，是个活动半径够得着满世界的"生活家"；远看是长于盘算、精于打理的有板有眼，是个心里装着事儿、善于未雨绸缪、少有近忧的远谋者。勤者多能，能者多劳。勤者善于眼观六路，耳听八方，怀揣明天，总是走在时间前头，是身边伙伴的定海神针，夜半路上的一盏明灯。自然，动辄一副无赖模样,自诩"活在当下,过好自己,让别人说去吧"的懒家伙,不仅于人无助,自己的事也时常一塌糊涂,心虚无奈得只剩甩手的"洒脱"。

勤快勤快,凡勤必快,勤生速度,勤出效率。生性勤快的人,人见人爱,所到之处遍洒活力与阳光。别名懒鬼、懒蛋、懒虫者,生就令人不悦,给人的感觉是松垮邋遢,难逃坐享其成之嫌,直恨得人牙根发痒。找对象、交朋友,大家都喜勤恶懒,就连自家亲人亦然。结伴旅游,团队同伙,或同处一间办公室,同住一间宿舍,遇上勤快的伙伴,肯定是份天赐造化。如不幸与脖颈上套个饼也能把自己饿昏的懒汉为伍,那你可得做好费神劳力多奉献的思想准备。

老天造人从无刻意指派,甲就当勤,乙就该懒。在一起生活,没有人天生欠他人的。人世间的勤与懒之间虽无楚河汉界,但人人心里都有杆明秤。勤也一世,懒亦一生,终了,每个人的生性品行,最终都会在众人嘴上、心里留一座碑。

勤快,是种生活态度,是种抖擞的精气神,是种自我约束,是活着的标准;勤劳,是种天赐秉性,是种良好教养,更是致富人生的习惯。活着,虽不一定活力四射,但生机不可缺,底线则是拒绝苟安。活着首先要对得住自己,还有身边人。百弊由懒生,懒得对不起自己,那叫自虐、自残、自作践;懒得对不起身边人,则属没心没肺、没责任。倘或惯于偷懒、耍滑、藏奸,就如一起拉车爬坡,眼睁睁敢把绳子拽弯了的人,绝对是明目张胆自欺欺人。

二

人生百年,前半世有活力,为业而生;后半世土埋半截,为存而活。然而人间老来各不同，君可曾闻：到了五十，长相俊丑差不多；到了六十，官大官小差不多；到了七十，钱多钱少差不多；到了八十，老头老太差不多；到了九十，是死是活差不多。这一渐行渐老渐枯萎的人生蹒跚轨迹，没有人可逆转能抵御。及至活到生死差不多，不就是古人说的"寿则多辱"吗？要么陆游怎么会悲催地感叹"老去人间乐事稀"呢！只不过希望这无可奈何能来得晚些，让我们仍可五十心里不服，六十依然昂首阔步，七十练达脑洞开悟，八十尚可清醒睿智。总之，只要条件许可，意念不减，就该活出个人样儿来。个中诀窍，全在一个"勤"字。

勤快人，若说前半生常为他人想，那后半生则注定要为自己谋。老来虽然难免有需他人关照之处、之时，但大多时候又要保持清醒自理，尽量做到自尊自重，首在理念上不卑老、不倚老、不卖老，行为上不邋遢、不颓废、不猥琐，绝不能自暴自弃。老来的自理，靠的是自律，生活规律是首要的，需以勤为支撑。随着活动半径的逐渐缩小，老来的勤，一般是从年轻时勤而快的性情，渐变为自我持重的惯性，意识里依旧在勤想勤动。老来的自理，已然摆脱例行家务，是种自我掌控下的适量动手、动脑、动筋骨，包括室内户外勤走勤动，活动肢体勤按摩，读书、看报、练书法，还可以打太极拳、跳广场舞，只要自己开心。所有这些，都需以勤为支撑。无论作为兴趣，还是作为延缓衰老的良方秘籍，老来的自理总会让人活得丰盈充实，活出昂扬生机。

老来的自理，是种当有的尊严，在不烦人也不为人烦的蹒跚中走得更踏实些。"八十老儿赛顽童"，非褒、非贬、非调侃，是对老人心理状态的真实写照。有的老人智力思维渐趋简单，能力衰竭退化，从心理到言行出现难以自持的变化。因此，老来的要强需拿捏好分寸，但求管好自己，尽可能生活自理。能做到这一点，常需有勤快为"前科"，多是老来举手投足仍顺畅自然者。常见身边不少耄耋老人，即使行动迟缓，但依然坚持生活自理，对自己的尊严体面有要求，保持五官清新、手足干净、衣着利落、居室整洁，起居定时不赖床，饮食规律不凑合。这种老人年轻时，大都属勤快自律的利索人。有句老话说："好死不如赖活着。"这多少是对生命的曲解或亵渎，新潮理念则是：相对于寿限长短，活着的质量与尊严似乎更重要。人老了应力求生活规律，确保身体适应在循规蹈矩中蹒跚。

老来的自理与其说是习惯，毋宁认为是种意识，是年轻时勤快意识的延续。倘若自陷苟生，得懒且懒，把自己弄得埋汰邋遢，身边人即使勉强插手也会有颇多无奈。不是说"久病床前无孝子"吗？一个尚能自由行动老人的自理状况，只需看其手脚、指甲便可略知一二。那些老而不勤、为老不尊者，平日里慵懒随性，就连一日三餐都懒得正经吃，让自己活得乱七八糟，不仅不招人待见，还会加快机体的衰退老化。这是种未老先衰的精神暮年颓废状态，本质上与年龄似乎不应强行关联。在自重者眼里，年龄真的不该成为慵懒与邋遢的托辞。用进废退，是人之器官运行的铁律。老去，是从放弃自己那一刻开始的。

勤劳，作为一种生命理念，是种渗透到骨子里的修养与习惯，老来亦然。惟愿天下长者老来自勤，勤而益智，智令不老。如此这般，这老便有点层次，有些分量，有份厚重感，也才有了光泽。

2016 年 6 月定稿

读懂健康本不易

一、读懂健康

一个人身心健康，个人自在舒心，家人高兴放心，是千家万户的头等大事。为着生命的质量与寿限，没人不追求身体健康。而健康的身体首先源于自我管理，恰如莎士比亚所言："我们的身体像一座园圃，我们的意志便是它的园丁，是勤耕，是荒废，权力全在我们的意志。"此喻直击健康人生之关键。

相关健康调查表明，我们身边人大都活得稀里糊涂，称得上心康体健的人不足半数，实在可悲可叹，但这又是不争的事实。繁忙，显然不应成为疏忽健康的托辞。可有些人明明口称健康重要，又为何总拿作践和放任自己不当回事？说穿了，慵懒与随性永远是主因，由此就有意志脆弱、胡吃海喝、得过且过之长期自我原谅。于是，无病拒谈防病，不老不言养生，成为常态。现实又是无情的，人不防病，病必找人。健康之要，防患在先，及至病魔缠身，悔之晚矣。大凡曾经没时间关注健康的人，迟早要耗时花钱去叩请医生关注。

世界卫生组织有个16字律条："合理饮食，戒烟限酒，适当运动，心理平衡。"这被誉为"健康基石"，无疑是健康的根本。该组织还指出：人的健康与寿限，60%取决于生活行为。也就是说，获得健康躯体之关键在于行为的自我约束。

显然，管理健康，首要在管理好自己的生活行为。人们的日常生活行为，大都可自我管控。作为健康的基本要素，良好的生活习惯和生活方式，体现在个人生活的方方面面。而健康意识是引领个人生活行为的前提，保健意志是关键。人的意识，事关对客观未来与后果的前瞻，宜放眼憧憬，未雨绸缪。意识决定意志，意志决定毅力，意识有多强，意志就有多坚。天道酬勤，健康之躯，只青睐那些具备健康头脑的自勤、自勉之人。

愚昧诚可怜，而对健康的无知更可怕。健身之道，是卷千年普世真经，虽深奥莫测，浩瀚无垠，然又十分具体现实。古往今来，满世界的人都一直在追求探索揣摩它，唯秦始皇的长生不老愚蠢梦，不属此列。真正能读懂健康的人是聪慧的，更是幸福的，但自诩聪明的人却不一定能读得懂健康。那些深谙健身之道而常年默默践行者总令人称羡不已，如鹤发童颜老中医、勤勉睿智老学者。钟南山有句至理名言："聪明人投资健康，明白人储蓄健康，普通人不懂健康，糊涂人忽视健康。"

从根本上说，人的健康意识是种难能的健康智商，保健意志是种可贵的保健毅力。健康管理是种持久性自我行为管理艺术，恒为人生的习惯性功课。人的社会属性，决定了人所特有的自我职责。人体健康状况，看似是自然生理状态，但它实际是种获取健康生存的个人能力体现。健康意识应是现代人须有的基本素质，它不仅事关自己生命的质量与长度，更是对家庭、对社会的一种责任。一个人的身体出现异常，自己痛苦，又必定牵动身边一干人。与人交往时的健康乐观、阳光向上是种时尚精神和对他人的尊重。尊重生命，珍视健康，用心管理自身，人人责无旁贷。

人的自我保健意识，首先表现为对自己身体的洞彻了解，并能随时体察关注，尤其是对个体潜在的一些薄弱环节，诸如过敏性、习惯性的易发病因及陈旧病根，自己该了如指掌。面对变化了的环境与条件，如更换水土、季节轮换或天气突变等，宜随时察觉身体的适应能力及应时状态，发现不适先兆，即进行及时必要的干预，如御寒防暑、饮食调理、减轻劳累或强制休息，直至求医问诊，以期防微杜渐，避免因贻误时机，让先兆延宕为病态。

人们习惯将身体分为三种状态：健康态、病态以及介于两者之间的亚健康态。身体的状态又伴随着日常起居而产生周期性的微妙变化：小循环随人体生物钟运转，表现为身心的亢奋与低迷，周而复始，要害在明晰并把握自身规律；大循环顺应一年四季的天地气候律动，中医称之为"寒、热、温、凉、平"，即"天人合一"论。自己身体的即时状态，明智者需随时自省、自察、自悟、自防。

人对健康状态的关注及自我判断，首先要看身体是否有反常现象，有无突发不适感。换个角度，用百姓的粗话讲，就是看是否"吃得进、便得出、睡得着"。这三者之一如果连续多日出现反常，身体必是有了问题，因此这也成为医者问诊的常规三项。规范些讲，人的健康状态综合体现为"三力"——精力、体力、免疫力，俗称精气神或精神头。中医认为，人体精充可以化气，气运通畅，气盛可保全神，神气十足，神旺可令阴阳平和，这是健康的保证。相反，如果精亏、气虚、神耗，则是体虚或体衰的征象，它直接表现为应对各类折腾的耐受能力下降，会

"不抗揶头",或动辄感冒,或炎症频发,经久不愈。凭借体征的微妙变化和自我感觉,结合对自身"三力"的近态与常态的比较与体察,应能捕捉蛛丝马迹,及时发现自己的身体近期是处于上行还是下行。如属下行,应分清是偶发还是发病先兆。如明显属于后者,应立即就医,并能准确地将其概括为医生要求的"主诉";如症状不典型,则应继续留意体察,切莫大意。知人者智,自知者明,这系列自我健康管理过程,恰好体现着人们常说的那句话:"最好的医生是自己。"敢问您这医生称职吗?

需要强调,养生保健,呵护生命,更应表现为对有益习惯的坚持与探索,对自身陈年恶习的彻底摒弃。尤其要重视规避各种对身体健康不利的恶习,例如熬夜、疲劳、酗酒、怄气等自作自受、自虐自残的有害行为,更不能使这些不利因素连续叠加。这些偶或做到可能不难,难在天天年年,非用心绝难持之以恒。

早在数千年前,《黄帝内经》就给出了中医独有的人体防病养生之道,传承至今。《黄帝内经》有个重要理念:"不治已病治未病。""治未病"之要,在于"未病先防,既病防变",防病于未然,扼患于初萌。因此,中医特别强调"正气存内,邪不可干",就是力主通过"内求"来调动体内精气神,筑起自身"防火墙",健全强化内在的自我保护机制。

得益于造物主赐予,人体原本就有抵抗、防御外来干扰侵袭的本能,兼有极强的自我调整和修复能力。广义的养生保健,就是提供、创造有益的环境与条件,避开不利因素,通过外因驱动内因,让自身内在保健能力得以充分发挥与调动。人体养生之要,在于通过合理的自我干预,将自身的免疫系统调整到恰当的水平，使之有能力自动纠正体内各类异常，实现自我平衡，防御外来侵害，自灭病菌、病毒，净化体内垃圾，以达"未病先防"的效果。于是，就有了中医的阴阳说、虚实说、寒热说、药膳食补同源说、穴位经络运行说、动静调养功夫说，使得药医膳理、经穴按摩、动静调养成为中国式养生保健的独到之处，也为境外华裔及周边国家人民所仰慕。中医养生理论，是我们祖先对人类的一大贡献，更是我们应该敬畏、珍惜并遵循的保健要略秘籍。

二、健康饮食

"人是铁，饭是钢"，饮食乃生命之本、活力之源。生命的存续是吃出来的，健康活力也是吃出来的。不过更需清楚，正确的营养观念是健康理念的根基，很多疾患又与吃密切相关，因此，大力倡导健康饮食理念，无疑是种身处当代的与时俱进的选择。

过去讲"病从口入"，是从免疫的角度警醒人们规避饮食引起的疾病感染与蔓延；如今说"迈开腿，管住嘴"，是从科学的角度强调运动调理，强调饮食的节制与合理搭配，意在预防营养过量摄入及搭配不当引发的诸如血液"三高"（高血脂、高血糖、高血压）等富贵病。生活中，尽管人人在吃，天天在吃，但面对丰美食物的诱惑，能做到遵循正确营养观念健康地吃，即讲究饮食的合理搭配与智慧控制，却不是每个人都能做到的。因此，专家强调，心里应时刻惦记着健康，理性地吃，科学地吃，克制味觉对食材的偏好，拒绝任性，改掉饥饱不均、胡吃海塞等不良饮食习惯。

所谓科学地吃，可用三句话概况：人体结构决定你应吃什么，膳食宝塔告诉你需吃多少，身体变化告诉你该补什么。

首先看"吃什么"。构成人体的营养成分有宏量营养素，又称能量营养素，包括蛋白质、脂类和碳水化合物，是组成人体各部分组织的主要成分，并为人体提供能量；有微量营养素，包括矿物质和维生素；还有膳食纤维与植物化学物等营养成分。至于占人体重量60%～70%的水分，其作为所有营养成分的载体，更是须臾不可或缺的。所有这些营养素，都是构成人体的必须物质，其摄取均来自日常饮食。肉、鱼、蛋、奶等动物性食物是蛋白质的主要来源，各种谷物是碳水化合物的主要来源，蔬果是维生素和纤维素的主要来源。

再来看"吃多少"。专家认为，每日所需的各种营养素必须保证恰当的数量，过多或过少都不利于健康；又须按科学的比例合理搭配，不能偏食。当今时代，食物不再匮乏，人们往往放开肚皮一饱口福，结果造成营养过剩。常言道："过犹不及。"过量摄入营养素，会增加身体各器官工作负担，造成"三高"，继而引发糖尿病、痛风及心脑血管疾病。通常认为合理的膳食结构呈宝塔式，即一份肉鱼蛋奶为精，两份谷豆杂粮为能，三份瓜果为补，四份菜蔬为充。老年人新陈代谢缓慢，较年青人总量可酌减。

有研究表明，在多数现代人的饮食结构中，宏量营养素摄入过多，微量营养素摄入不足，导致营养失衡。因此在日常饮食中需明确，食无美恶，要均衡勿过，按需摄取，把握适量为好，广摄较多品种最佳。一日三餐，除应注意米面肉蛋油等主食的品种丰富多样及限量外，还需重点保证足够的果蔬摄入，适量吃点粗粮，以补充足够的维生素、矿物质和膳食纤维。这是就一般人而言，但在实际生活中，应不忘因人而异，尤其患有"三高"的人群以及痛风病症患者，应注意严格控制能加重病情的高蛋白、高脂肪食物摄入；而对于有消化系统疾患的病人，则应适量增加优质动物蛋白的摄入。老年人随着年龄增长，主食摄入逐渐减少，所以可根据个人具体情况酌情加些干果、蜂蜜、人参（或洋参）及富含纤维素的食材，还可适量食用保健品，如钙片、复合维生素片等，以便通过摄入的足量与全面，预防因营养缺乏或营养不全而诱发的一些慢性疾患。

最后看"补什么"。对于正常健康的身体，日常餐饮，大都可以补充身体所需。如果生活状态出现变化，如病后体弱，或体能消耗过量，或发现身体有异常，可通过中医的药膳理论，有针对性地调理饮食结构，吃回健康。需要强调的是，针对身体即时状态的膳食调理，需谨慎斟酌选择。中医将食物分为阴性（寒性）、阳性（热性）、中性（平性）三类。人在身体健康时，偶食些寒性或热性食物，甚至偶现过饥、过饱等不当现象，靠自身的平衡和调节能力，大都会排除意外干扰，较快恢复常态。然而，倘若自身本已处于亚健康状态甚或病态，补什么就需按中医理论认真考究。中医的忌口说，就是避免出现雪上加霜或火上浇油的情况。好在一些饮食禁忌常识，诸如生姜驱寒、绿豆祛火、梨和西瓜性寒伤脾胃、羊肉和辣椒能加重火气等中医常识，大都已为百姓所认知。

中医理论认为，药源于膳，凡膳即药，膳药一体，皆可祛病强体，强调不仅补从食来，病也可由膳去。山药、山楂、红枣、枸杞、薏仁、桂圆，以及各种坚果等，既是大众喜爱的食材，又是有效的中药，其药性平和，理胃健脾，调血补肾，对于许多慢性病和体质虚弱的人具有良好的调养功效，平时可酌情适量选用。

三、 求医之悟

医与药的科学体系，是人类的宝贵财富，是无数前人临床实践、科学研究的积累，归纳了千百年病痛伤亡之"血的教训"换取而来，更是古今名医和科研人员智慧的结晶。因此，医药科学作为呵护生命的珍贵资源与重要手段，早已成为生命拒绝或延迟走向死亡的不二盾牌。

如今，虽说作为攸关生命健康保障的求医问诊，人们早已须臾不可离开，然而，在具体就医用药诸多环节上，人们不仅重视不够用心不足，甚至普遍存在若干误区。在这方面，专家的意见是：有病看医生，非病不自扰；急症必从医，慢病勤调理；小病忌猛药，慢病慎急诊。可膳理不药治，可中医不西医，可口服不注射，能肌注不点滴。

如若有病必须去医院求医用药，应与医生默契配合。医患双方，诊治靠医生，患者密切配合亦不可或缺。比如，患者于医疗全程中对病情的准确主诉，包括起因、发展、现状和过程中的真实感受，是医生恰当诊断与处置的重要依据。又如用药，只有谨遵医嘱，做到准时、定量，才能达到最佳治疗效果，并为医生准确判断用药疗效和调整后续治疗方案提供依据。切不可一味依赖医生，忽略自己当有的主观能动性。

人们常挂嘴边的"有病乱投医"，看似是夸张或是面对病痛折磨下的无奈，实际又是种常见误区。求医问诊，本应力求慎重，保持清醒与理智，一般不该盲目乱投医。行医靠的是医术、仁心，二者缺一不可，然医生是人不是神，被误诊或误导者并不鲜见。如同各个行业里都有精英，也不乏混饭吃的一样，医生群体亦然，名医身边从不缺庸医。这就提示人们，尊重医生，但不盲从，特别是遇有疑难杂症，应多方看医生，并从医生的各抒己见中归纳主见，遍听大夫千般语，自己心中有明镜。唯此，才有利于选择最佳从医方案。

这里插叙一个鲜活病例。当年客居美国旧金山，有次因雨天坡陡路滑，我不慎跌了个屁股蹲儿，随后不知不觉中在右臀部生出个囊肿，坐卧难安。美国医生检查后照常规提出，至少要先做B超、CT、抽样活检等系列检查后，再确定其他诊治方案。这几项预约下来，需月余。若为良性，仅检查及手术费就需美金数千，若为恶性……我旋即回到北京，经B超检查，西医结论为骨膜炎囊肿，建议可以手术，也可请中医指导热敷。我选择了在家热敷，只半月即痊愈。

相反，有些人常将"久病成良医"挂在嘴边，意思是说患者患病日久天长，自己或家人对病因、病史、病情大都会有些基本了解与判断，可以为自己诊断开药了。此举显然不妥，甚至有拿自己生命开玩笑之嫌。除却常见小病，不宜提倡一知半解者随意给自己当医生，因为术业有专攻，医道最难谙。人体及其运行机制极其复杂，盲目给自己下诊断开药方，极易贻误病情，甚至造成生命危险。敬畏科学，久病成医者只宜在去医院就诊时，将自己掌握的个人病情、病史作为向医生提供的重要参考依据，切不可自作聪明，擅作主张。

说起就医问诊，不仅有中、西医选择与结合的问题，更有对中、西医认识与评价的客观性问题。人们普遍认为，西医诊治较科学严谨，上市西药与诊疗器械皆经科研与临床实验，诊疗与结论皆有直观影像与检验参数为依据，可信度较高，见效较快。相对而言，中医则属经验积累，其望闻问切，主要靠师徒口口相传,缺乏指标性判断,加上寒热、虚实、脉象、经络等说法缺乏规范通俗表述,让人有摸不着、看不见、虚幻神道的感觉。也由于中医的保守传统,导致中医药缺乏与时俱进的现代化精深探究,加上疗效相对缓慢,以及民间郎中的良莠不齐,一些庸医的信口开河、故弄玄虚,屡屡让中华瑰宝无端蒙受不白。由此难免让人产生重西医轻中医的偏见,使中医屡屡被边缘化,让其本有精华被忽略埋没,以至"墙里开花墙外香",明明是源自中国的中医药学,反倒在日本、韩国十分盛行。

窃以为,对西医的信任应理智,对中医的认识应客观,不以偏概全。我坚信,大多的祖传不是"祖骗",有无数临床疗效为证,否则何以能流传千古?事实上,中医瑰宝作为世界医学的重要组成部分,尽管因文化和历史多重原因,有其不足和局限性,但瑕不掩瑜,在许多领域,绝为西医所不及。有谁能否认,根据中医的望闻问切,只需审视一下人之气色、神态及舌苔状况,就可做出身体正常与否的初断?尤其是关于人体日常保健及亚健康饮食调理理念,主要源于中医,其有效性已为许多实例所证明。君不闻,国家级首长的保健医生,个个皆杏林高手。中医药学确实博大精深,作为国人切莫身在福中不知福。相比洋人,我们多了一项选择,劝君别拿豆包不当干粮。

"尺有所短,寸有所长",当今医疗市场,尽管西医占据绝对主流地位,但这并不该成为排斥中医的理由。客观地讲,神农的尝百草,就是中医通过人体进行科学实验的范例,特别是中医汇积几千年的临床实践与经验总结,更有许多独到之处。比如,对于常见的流行性感冒,只要未现感染类并发症,西医的观点是不治自愈,结果是不少患者要承受一两周病痛的折磨,甚至坐等并发症出现,让病程无端延长。对于感冒的一般并发症,西医的路数不过是退烧、消炎、补水、补维C。而中医则不然，它会根据发病的寒热、虚实、表里等症状，做出个性化分析，有针对性地施以辩证治疗，并不断调整药方和膳理建议，将感冒在初发时就遏住，或将其症状逐步减轻。因此，相对于西医，一般性感冒如就诊及时、处理得当，中医大都可以减缓症状，遏制并发症的发生与发展。不过要指出，如若患者不辨感冒类型，随意自选中成药，就有可能因药不对症而致疗效不佳，结果会依此错误地断言"中药不管用"。再如，对于较重的呼吸道或消化道感染，选用西医的抗菌素无疑会见效较快，但这种治标之策大都会有伤元气、消耗体力等副作用，甚至难免有病情反复的情况。而此时如果配合中医调理，立足治本，则会使病后的身体虚弱症状改善许多，有利于及早康复。

至于人体的各类亚健康状态，诸如疲劳、虚弱、失眠、便秘及莫名疼痛等，有些被公认是警示性发病前兆，但又没有明显体征或指标异常，在西医那里均不属病态，除了从营养学角度解析外并无妙招。对中医来说，早在商周时代就有"疾医""食医"之分，就可立足辩证诊治，将异常及时调理为正常，实现防病于未然。更有西医无从下手的若干疑难杂症、慢性疾患，在中医手里却常显意外疗效，也并不鲜见。还有如针灸、按摩止痛及一些经典中成药的疗效，亦不可小觑。只要对症，杀鸡不用宰牛刀，小方自有大用场。

最后，还应清醒地看到，我们面对的现实是，虽然或中或西，医药科学都已有千百年的发展史，但面对人体各色疾患仍存在不少盲区，总有颇多无奈与遗憾。有专家冷静客观，坦言通常临床病例，有三分之一为医药治愈，有三分之一属不治自愈，还有约三分之一仍属无药可救，病人或带病生存。所以，任何对医疗的超现实预期，不仅是认知上的盲区，更缺乏起码的科学态度。对此若不正视，不仅会给那些装神弄鬼者提供行骗之机，还会给刹不住车的"医闹"提供借口。

2016 年初稿

2020 年定稿

图 7-1 2017 年于杭州

闲话保健意识

常言道，生老病死乃命途常规，但老来孱弱多病，亦并非必然。我更坚信一定程度上的事在人为。萧伯纳说："六十岁以后才是真正的人生。"年逾花甲，身体健康，精力旺盛，感觉轻松，足可促人开启自己真正的人生。诀窍无他，主动的自我保健意识，贵在坚持不懈。

想当年，我也曾年轻犯蠢。原本就因年少时家贫造成发育不良、体弱多病，成年后又不识轻重深浅，时常得意忘形，惯于小车不倒只管推，竟痴愚到常以阿 Q 精神为荣，屡屡挑战极限，不时透支身体，盲目挥霍健康。及至花甲古稀，方体悟到健康对老年生活质量至关重要。

其实，早在跨入花甲之前多年，我已发现自身落下了三大顽疾。谓之顽疾，是指用遍各类中西药物，一直不见根本好转，求医问诊过各路名医，普遍断言这些老病均属今生难见逆转之痼疾，几乎公认只能靠保守治疗，带病生存，但求能延缓病程、维持现状，便阿弥陀佛。此后的事实证明，并非尽然。

一

曾折磨我多年的头号顽疾是习惯性头晕。50岁后陆续发病，以致成为累及日常生活的苦恼与负担。平日里，时不时就有眩晕感，稍不经意，因劳累或休息不好便加重，天旋地转，坐卧难宁，严重时会伴随呕吐。

经多方问诊，各路专家大都认定：老年性颈动脉狭窄及脑动脉硬化，兼脑萎缩，造成经常性脑供血不足，严重时会一过性脑缺血。医嘱宜谨慎对待，规避脑梗风险。

有次查体，一位资深专家刻意提示我，你的先天性鼻中隔偏曲，如不矫正，会影响晚年生活质量，甚至寿限。此后，我紧盯这一提示不放，直到2008年秋，年届七十的我走进北京同仁医院，接受鼻中隔偏曲矫正手术。此后多年的头晕症状奇迹般消失，让我如释重负。令我不解的是，此前多年，问诊过那么多医生，没有人将我的习惯性头晕与鼻中隔偏曲联系到一起。欣逢这次偶遇名医明示，促成了这迟到的手术，竟成为改变我晚年生活质量的天大意外。

二

一直影响我生活质量的二号杀手是陈年老胃病。病起于1960年。时年20岁的我，由于长期饥饿加身心劳累，患上食管反流性胃炎，到40岁后加重，不断出现阵发性胃炎，继而一步步发展为胃痉挛、胃下垂、胃溃疡。数年里多次胃镜检查显示，已从浅表性胃炎发展到萎缩性胃炎兼肠上皮化生，表现症状为腹痛、腹胀，胃动力衰减致排空能力极差，持续无食欲，饮食量大幅缩减。期间服用过数百服中草药，用遍了各种治疗肠胃病的西药、中成药，大都仅起到抑制胃酸与镇痛缓解效用，而病情一直在时轻时重中恶性循环，致几十年来饮食与睡眠质量极差，营养严重匮乏，身体消瘦，体弱乏力，身高一米七八而体重长期不足60公斤。

直到年逾古稀，没了工作与家务琐屑，受媒体养生保健宣传的启示，我首先尝试陆游的食粥疗法，每天坚持早午餐喝粥配以山药调养，同时注意用餐慢嚼细咽，餐后20分钟静养，并选择走路、泡足、揉腹进行胃功能康复，外加按压足三里穴位和肚皮舞式反复鼓肚子等综合性调理。如此坚持一年，始显成效，两年后原有胃病症状完全消失。特别是消化功能日趋好转，食欲及饭量大增，体重多年稳定在70公斤。完全出乎意料，50年中反复求医无效，反倒是自我调理，让多年沉疴、心头之患得以彻底解除。若问上述几招调理哪招更具实效，应该是综合效应。其实无论选用哪招，次数与力度也可适时酌情增减，关键在于常年坚持。

三

我的第三个缠身顽疾是冠心症。早在1996年50多岁时，就出现劳累后胸闷气短、疲惫乏力感，这似乎与我的家族遗传相关。经心血管螺旋CT检测，显示左冠状动脉前降支狭窄50%以上，并伴有心脏泵血功能减弱、二尖瓣闭锁不全等，确诊为冠心症。专家提示，如再发展，就需考虑安放支架，并从此开启终身服用药物的保守治疗。到75岁时，因心功能老化发展为连续性早搏，致心悸难耐，并伴有气短乏力等心功能紊乱症状。

这些老年人的常见病症，西医明确表示无特效药可用。此时我巧遇一位老中医，他认为这类老年性心功能衰退，可通过长期服用中药调理。由于中医是对症下药，边用药边调药方，服药两月后，结果超乎意料，不仅早搏、心悸得到抑制，心功能及耐受力也得到空前改善，就连心脑血管综合症也获得神奇疗效。多年来，我坚持中药调理至今，病情相对稳定。

在三大顽疾得到悉心调理之后，我的身体状况较前出现了显著变化，体力、精力、耐受力、免疫力，以及以"眠食二要"为主的自我舒适感，达到此前 20 多年来从未有过的良好状态。虽迷茫于究竟何种机制在体内发力，但难得的切身体会告诉我，直面顽疾，心态乐观，积极治疗，坚持锻炼，综合调理，排除杂念，成效自会显现。我有时甚至遗憾此悟来得太迟。

因此，我现在更愿视保健养生为一种信念，将坚持天天走步、揉腹、泡足保健三招雷打不动，坚持头部、躯干和四肢的按摩，坚持服用维生素及中药调理，以此作为追求晚年生命质量的必修课。我相信，只要意识领先，意志不懈，毅力恒定，相对的健康之躯并非可望而不可及。

2016 年初稿
2021 年定稿

图书在版编目(CIP)数据

生存有道　教子有方:邢老师的人生启迪/邢永康著.—上海：复旦大学出版社,2022.11
ISBN 978-7-309-16606-4

Ⅰ.①生… Ⅱ.①邢… Ⅲ.①散文集-中国-当代 Ⅳ.①I267

中国版本图书馆 CIP 数据核字(2022)第 201346 号

生存有道　教子有方
SHENGCUN YOUDAO　JIAOZI YOUFANG
邢永康　著
责任编辑/李又顺

复旦大学出版社有限公司出版发行
上海市国权路 579 号　邮编：200433
网址：fupnet@fudanpress.com　http://www.fudanpress.com
门市零售：86-21-65102580　团体订购：86-21-65104505
出版部电话：86-21-65642845
上海盛通时代印刷有限公司

开本 787×960　1/16　印张 15.5　字数 180 千
2022 年 11 月第 1 版
2022 年 11 月第 1 版第 1 次印刷

ISBN 978-7-309-16606-4/I·1334
定价：52.00 元

如有印装质量问题，请向复旦大学出版社有限公司出版部调换。
版权所有　侵权必究